犬飼いちゃんと猫飼い先生3
たとえばこんなボクらの未来

竹岡葉月

富士見L文庫

Contents

ひとつめのお話　鴨井さん家の七年前

【鴨井《かもい》キャロルの場合】

四月の午前五時。

関東地方では、ようやく東の端が白み始める時間帯だ。しかしキャロルを含めた一部の動物たちは、すでに目を覚まし活動を開始していた。

地温の上昇で朝の訪れを察知した野鳥が、危険な夜を乗り越えた喜びを樹上で高らかに歌いだす。街暮らしのカラスなどは、縄張りのゴミステーションを回って食事をはじめ、スズメやセキレイなども、それぞれ餌や水を求めにねぐらを飛び立っていた。

東京郊外に位置する鴨井家の庭は、ごくごく一般的な住宅地の中にあるが、家人の趣味で小さな餌台が用意してあった。この時間帯になると、近隣の多摩川《たまがわ》や高尾山《たかおさん》などの山里から移動してきた小鳥たちが、よく訪れて美声を響かせていた。

キャロルは物心ついた頃からほぼ鴨井家の中で暮らす、深窓の令嬢を絵に描いたような飼い猫である。自慢の三角耳や長い尻尾を擁する毛皮は、やや洋猫の血も引くふわふわの純白。それでも手頃なサイズの野鳥やネズミが、見えるところで活動していると、ガラス窓越しでも興奮してしまうのだ。

――ああ、こうしちゃいられないわ。あたくしもご飯をゲットしないと！

そんな野生の本能である。

真っ白い毛皮を引き立てる、美しい金色の瞳は、ただいま瞳孔が全開だ。キャロルははばかりなく鳴いて、暗いリビングの中を駆け出した。

繰り返すが、今は午前五時である。

猫は夜行性のように思われるが、どちらかというと夕暮れ時と明け方が一番活発になる、薄明薄暮性《はくめいはくぼせい》という特性を持っている。普通の人間なら蹴つまずくような暗い室内を、尻尾で巧みにバランスを取りつつ自在に駆け回れるのも、この時間帯のテンションが上がりやすいのも、生まれ持った性質としてはまったくおかしくないのである。

（ご飯、ご飯。あたくしのモーニング！）

しかし箱入りお嬢様の狩りは、表にいる野良猫とはひと味違う。

キャロルはペット用の通り抜けフラップをくぐって廊下に出ると、家主夫妻が眠る和室を一回りしてから二階に向かった。

音もなく階段を駆け上がり、お目当ての洋室のドアが閉まっていても慌てない。

（よいしょ）

後ろ脚で立ち上がって前脚を器用にノブに引っ掛け、できた隙間からするりと室内に入り込む。

カウントはスリー、ツー、ワン。

『心晴《こはる》、朝よ！』

「ふがっ」

助走をつけてベッドに飛び乗ると、布団にくるまっていた人間が変な声で鳴いて跳ね起きた。

「おいこら、今何時だと思ってる！」

まるで夏の終わりに地面にいる蟬《せみ》のようねと、反対側の勉強机に着地したキャロルは思った。

不機嫌極まりない声で叫ぶのは、ここ鴨井家の長男、鴨井心晴だ。

まだいたいけな子猫ちゃんだったキャロルを側溝から救い出し、ここ鴨井家の一員にした当人である。

先月高校を卒業し、この四月から『大学生』になったらしいが、人間の成長は猫よりずっとゆっくりだった。年上でも手のかかる弟のようなものだと思っている。

『いいから心晴、あたくしにお給仕をよろしく』

「……んだよー、まだ五時じゃないかよー。やだやだ、俺寝るから。おやすみ」

心晴は寝ぼけ眼《まなこ》のまま一方的に言って、布団を頭からかぶり直してまた寝てしまった。

あらまあ、そうなの。そうするの。

こんなに純真可憐《かれん》な可愛《かわい》い猫が、一生懸命お願いしているのに。キャロルは立腹した。

生意気な態度でいるなら、おしおきが必要だと思った。

まず自分がいる勉強机を一瞥《いちべつ》し、前脚で消しゴムを一つ床に落としてみた。

しかしこの程度では、心晴も反応しないようだ。引き続いてシャープペンシル、何かの教科書やパンフレットもはたき落としてみた。

「……ん、う……」

心晴が居心地悪そうに寝返りを打つ。

そうよ鴨井心晴、あなたがそうやって寝ているかぎり、あたくしはどんどんあなたの物を床に落としてあげるんだから。

さて、次はどうしましょうね。このコードが繋《つな》がった『スマホ』ってやつがいい？　それとも入学祝いに買ってもらった、おニューのスマートウォッチ？

『ほーら落ちるわよ。落ち』

「ああああ、ちくしょうわかったよ！　飯だな!?」

前脚でちょいちょいと時計のバンドをいじっていたら、やっと心晴が起きてくれた。

そうそう、わかっているじゃない。それでいいのよ。

「……ったく、この女王様が」

一階のキッチンに移動して、お皿にキャットフードを盛ってもらった。ご褒美として甘えた声も出してやると、それだけでデレデレと相好を崩すのだから、安いものだ。

朝起きて、主人を起こしてご飯を用意させる。ここまでが、由緒正しい飼い猫の『狩り』なのである。


日が昇ってしばらくすると、他の家族も次々と起きてくる。

公務員の父親、藤一郎《とういちろう》。ちょっと影は薄いが、この家の大黒柱だ。続けて母親の瑞穂《みずほ》。パートで弁当会社の事務をしている。それから心晴の上の妹、燿里《かがり》。

「あれっ、お兄ってば林檎《りんご》食べるの？　あたしのぶんも剝《む》いといてよ」

お気に入りのふわもこ素材のルームウエアに、シルクのナイトキャップをかぶっている。これがあると髪がつやつやになるのだというのが、美髪と美白にこだわる高一ギャルの弁であった。

指摘の通りキッチンで包丁を握っていた心晴が、顔をしかめた。

「剝くのはいいけど、風呂には入るなよ」

「えっ、なんでよ。朝シャワー禁止とかありえないんだけど！」

「おまえが長々と風呂場にたてこもってる間な、他の人間は洗面台使えないんだよ。少しは遠慮しろっての」

「いーじゃんべつに。大学は高校より始業時間遅いんでしょ？」

「そのぶん通学時間も長くなったんだよ。忘れたのか」

心晴の言っていることは、一応当たっていた。この春、隣県の某国立大学に受かった後、八王子にある自宅から、乗り換え込みで一時間以上かけてキャンパスに通っているはずだ。対して妹の燿里は、近所の都立高校まで自転車を漕いで、正味二十分弱。兄に一限がある時は、多少のアドバンテージなどないも同然なのだ。

「だいたい毎朝チャリで爆走してるくせに、『前髪が決まらなーい』もないだろ……」

「──あーもー、うっさいな！　くそダサ地味兄がなんか言ってる！」

「く、くそダサ」

「あたしはお兄とは違うの！　もっさい中学生もどきは死んでもイヤ！」

燿里はストレートに暴言をぶつけると、かぶっていたナイトキャップを握りしめて風呂場へ走っていった。

暴言をくらった心晴は、ショックでしばらく呆然《ぼうぜん》としていた。

「……なんて口が悪い奴なんだよ、あいつは……猛犬から助けてやったこともあるのに……」

しかしそれなりに思うところがあったのか、包丁の腹に自分の顔を映し、むっと眉の根を寄せた。

「いやまあ確かに……もうちょっとどうにかするべきか……？」

身長、おおむね普通。肉付き、ほぼ平均値。服装の傾向もここ数年変わらず、派手なところはまったくない。それが心晴だ。強いて言うなら柔和な顔つきからくる童顔のせいで、同年代より下に見られやすい悩みはあった。確か先日は通っている大学で、見学に来た高校生どころか、校外学習中の中学生に間違われたとぼやいていた気がする。

あらためて身内に指摘されると、不安になるのだろうか。

「なあキャロル。もしかして俺ってダサい……？」

そういうことを、カウンターの猫に聞かないでほしいと思った。キャロルは尻尾を揺らめかせながら、あくびをした。

(毛皮がない子たちは面倒ね)

あれこれ飾りを考えないといけないのだから。

けっきょく燿里が長風呂に入っている間に、父の藤一郎が出勤し、風呂から出た燿里と心晴がケンカをしながら洗面台を奪い合い、遅刻寸前になって家を飛び出していった。

最後までダイニングテーブルにいたのは、母親の瑞穂だ。

子供たちと違い、やや小太りの彼女は、どっかり腰を据えて朝ドラの行方を見守った後、壁の時計を見上げた。

「あら、もうこんな時間なの」

立ち上がって二階に行くので、キャロルも後をついていった。

「陽咲《ひさき》――」

呼びかけながら、つきあたりのドアをノックする。そのまま待っていても返事はなく、瑞穂がドアを開けると、昨日の夜から電気が消えたままの部屋が見える。

朝の光が閉じたカーテンの隙間越しに差し込んでいて、床に置いたスケッチブックや漫画本、いかにも少女らしい色合いの布団カバー、そしてそれを頭までかぶった人間の体が半分だけ浮かび上がっていた。

「……ひーちゃん。やっぱり今日もお腹《なか》痛い？　お母さんパートに行ってくるけどね、食べられるものがあったらチンして食べてね。火の元だけは気をつけて」

末娘である陽咲を気遣って、瑞穂の声はいつも通り優しかった。だからこそ、返事らしい返事がない現状をもどかしく思いもするだろう。

もう半年も、この家ではこんな朝が続いているのだから。


なにぶんキャロルは可愛い猫なので、学校での陽咲の立ち位置がどんなものかは知りようがない。ただ、変化があったのは去年の秋頃だったと記憶している。

当時彼女は、地元公立中学の二年生だった。絵が得意で、部活も美術部、毎日行って来ますと家を出ていたのに、ある日突然、授業の開始前に家に戻ってきた。

ちょうどパートに出ようとしていた瑞穂に向かって、陽咲が何か泣きながら訴えていたのをキャロルは覚えている。どうも一部のクラスメイトと、トラブルがあったようだ。

そこから担任の介入もうまく行かず、陽咲は部屋に閉じこもりがちになった。年度が明けて三年生の今になっても、登校する話にはなっていないらしい。

『ねーえ。どうしたのよ、おちびちゃん』

キャロルは短く鳴いて、人の形に盛り上がった布団の端に、そっと飛び乗った。

『あたくしと遊ぶ？　尻尾も触ってよくてよ』

この子は長男の心晴とは違う。小さい頃から繊細なので、パンチの餌食やハイジャンプの踏み台にするような真似《まね》をしてはいけないのだ。

ゆっくりと出方を待つ。なんなら一緒に寝てもいい。

喉を鳴らして枕元で丸くなっていたら、陽咲がこちらに寝返りを打った。

「……キャロル？」

心晴や燿里の面影もありつつ、でも真《ま》っ直《す》ぐで綺麗《きれい》な目の持ち主だ。キャロルも親愛の気持ちをこめて、その顔に額をすりつける。

「ちょっ、くすぐったいよキャロル。毛が口に入るよ」

こういう時に笑い声まで聞けるのは、可愛い猫が可愛い猫であるゆえの特権だった。

そうしてキャロルは陽咲に抱っこされ、誰もいない一階に下りていく。

陽咲は家族が全員出払った後のダイニングでご飯を食べ、リビングのテレビを見たり携帯をいじったり絵を描いたり、誰かが帰ってくるまでの時間を過ごすのだ。

「見て、餌台に知らない鳥が来てる」

まあそうなの？　今はお腹いっぱいだから獲《と》る気はないんだけど。

陽咲が掃き出し窓を開けて、パジャマにカーディガンを羽織った格好のまま庭へ出ていく。そこでそっと息を殺し、鉛筆と小型のスケッチブックで鳥の姿を写し始めた。

キャロルはリビングにあるキャットタワーのハンモックに収まり、そんな妹分の行動を遠巻きに見守っていた。

もちろん人間たちは、この状況を心配していた。

「──陽咲のことだけどな。まだ登校できないのか」

夜遅くに帰ってきた藤一郎が、温め直した夕飯を一人食べながら、よく瑞穂と議論を重ねていた。

「いじめてきた子は謝ったし、クラスも離してもらったんだろう。あんまり閉じこもっていると、ますます行きづらくなるぞ」

「それはあの子もわかってるわよ。でも無理強いしてもしょうがないでしょう。調子が悪いって言ってるんだから」

「母さんもパートなんて行ってる場合か。今年は受験なんだぞ。行ける高校がなくなったらどうするんだ」

「そんな……簡単に言わないで。あなたこそ、少しは早く帰ってきてよ。陽咲と直接話して」

「無茶を言うな」

キャロルは猫である自分を誇りに思っているし、毛皮もなければ尻尾も肉球もない人間になりたいと思ったことは一度もない。ただ、こういう言い合いを端で聞いていると、一言言ってやれたらすっきりするだろうなとは思うのだ。

あの子は、陽咲は半年前に比べれば笑うようになったし、リビングにいる時も窓際にいる時間が長くなっている。それがわからない？　今日なんて、自分から庭に出ていたのに。目の前を、いつ人が通りかかるか知れない状況でよ？

（全部あたくししか見ていないものね）

キャロルは夫婦げんかが続くダイニングを離れ、二階に向かった。

三兄妹《きょうだい》の部屋はどれも閉まっていたが、キャロルはのんき者の兄でも、おしゃまな真ん中っ子でもなく、末っ子の部屋を選んですべりこんだ。

部屋の中は真っ暗で、陽咲はベッドの中にいた。ここは彼女にとっての、最終防衛拠点だった。キャロルが枕元に飛び乗ると、陽咲は黙って寝床に招き入れてから抱きしめた。

両耳にはめていたイヤホンの一つが落ちて、しゃかしゃかと速いビートの音楽が布団の中に漏れた。

頑《かたく》なで、強《こわ》ばって、今にも泣きそうね。

（わかるわ）

ここにいると、嫌でも下の声が聞こえてくるものね。自分のことで揉《も》めているのなんて、誰だって聞きたくないものね。

いいわ。好きなだけ抱っこしていなさい。寛大なあたくしはそれを許してあげる。

ね、いい夢見ましょう。カツオブシの海とか、ちゅーるのシャンパンタワーとか、そういうハッピーで素敵なの。

（こんなこともあろうかと、あたくしの毛皮は、常にふかふかのつやつやをキープしているんだから）

本当よ？

＊

「あっ、待ってキャロル。あと少しだから」

キャットタワーから外を眺めていたら、陽咲に待ったをかけられた。

どうもキャロルのことを、勝手に絵に描いていたようだ。クロッキー帳越しに制止を求められるが、聞いてあげる義理もない。ひらりと床に飛び降りたら、陽咲は「あーもう」と嘆息した。

「動くものは難しいな」

陽咲のクロッキー帳を覗《のぞ》けば、優雅に眠るキャロルに、床を歩くキャロルなど、様々な角度からデッサンをがんばっている姿が見て取れた。

他のページに移れば、今度は庭の植物や野鳥が顔を出す。

「これがね、お母さんの植えたチューリップ。庭に来たモンシロチョウとツバメ。どうキャロル、ちょっとは上達したかな」

――こういう時、食べられない絵よりも現物が一番よと思うのは、猫的にはありであっても、人間的にはなしなのだろうとキャロルは考える。

彼女が上達したかはわからないが、現物が一番派としても言えることはあった。

(ねえ陽咲。前にも思ったけど、あなたずいぶん元気になったわ)

秋頃に比べて毛艶もいいし、目もきらきらしてる。なんていうの、猫で言うなら『おヒゲが下がってない』感じ。間違いないわ。素敵なことよ。

キャロルの前でページをめくっていた陽咲だが、あるところで急に表紙ごと閉じてしまった。

（陽咲？）

見た？　とばかりにこちらの顔を窺《うかが》われる。人間ほど近距離の視力が良くない猫だが、描いてあるものが何かぐらいはわかってしまった。残念なことながら。

制服姿の少年少女や、上履きの素描だった。

恐らく家ではなく、陽咲が学校にいた時に描いたものなのだろう。

「……わ、私だってね、ほんとは登校しなきゃって思ってるんだよ。美術部のみんなも、待ってるって言ってくれてるし。でも、朝になると緊張して、またお腹痛くなって……」

ついさっきまで彼女の中にあった前向きな何かが、喋《しゃべ》る言葉とともに流れ出て行くように思えた。キャロルはとっさに前脚を乗せた。

「思い出すんだよ。朝学校行った時、また私の上履きだけなくなってるんじゃないかって……苦しくて」

陽咲が話してくれたこととしては、犯人は同じクラスの男子グループで、彼らが掃除をさぼったのを担任に告げ口したと、誤解されたところから関係が悪化したらしい。

最初はすれ違いざまに暴言やからかいの言葉を投げつけられ、そこからある日自分の上履きがなくなっているのに気づき、陽咲はそれ以上階段を上って教室に入ることができなくなってしまったのだそうだ。

あの泣いて帰ってきた日ねと、キャロルは苦々しく思い出した。

いたずらをしてきた側は、自分たちの悪行が学校にばれた後、ほんの悪ふざけだった、ちょっとこらしめたかっただけだと弁明したという。そもそも告げ口自体が、大きな嘘《うそ》で誤解だったのだが。

これには以前藤一郎が言っていた通り、形ばかりでも反省文で謝罪がなされ、三年の進級時はクラスを離すなど配慮もされ、こうなると難しいもので、後は陽咲の気持ちの問題にされてしまったのである。

(あんまりよね。謝ればいいってものじゃないでしょう)

やれ今日は来ないか、明日はどうだとせっつかれ。陽咲は学校からも親からもプレッシャーをかけられ続けている。気持ちが縮こまれば、体も縮こまって当然である。

それでも陽咲という子は、深く傷つきながらも少しずつ前向きになろうとしているのだ。初めの頃は一日ベッドの中で泣いていたのが、起き上がって部屋を出て、階段を下りて一階に来て。明るいところで絵も描いて。猫の目で見ても、目覚ましい進歩だ。

「ねえキャロル。決めたの」

なあに?

「このクロッキー帳使い切ったら、学校……また行ってみるって」

意を決したような陽咲の黒い瞳を、キャロルはまじまじと見返してしまった。

陽咲は、はにかんだように笑みを作る。

「覚えててね。キャロルが証人だから」

こちらが見たところ、クロッキー帳は三分の二ほどが使用済みだった。

陽咲がまた新しいページを開き、鉛筆を手に取る。

この子は大丈夫かしらなどと、心配する必要もなさそうだ。きっと乗り越えられるに違いない。キャロルが末っ子の前向きさを頼もしく思った――その時だった。

――とるるるるるん。とるるるるるん――。

猫と人しかいないはずのリビングで、大きな電子音が鳴り出した。

陽咲がはっとして、鉛筆を置く。見回せば鳴っているのはインターホンや携帯電話ではなく、リビングのカップボード上に置かれた固定電話だ。

「ど、どうしよう」

最近はめったに鳴らないその電話の呼び出しに、陽咲が反応する必要があったのかはわからない。ただ、驚いた陽咲は冷静さを欠いていたのだろう。そして誰もいない家では自分が留守を預かっているという、彼女なりの矜持《きょうじ》や使命感のようなものもあったはずだ。

総じて色々な思惑やタイミングの悪さが重なった結果、陽咲は固定電話の受話器を手に取ったのだ。

パジャマにカーディガン姿のまま、両手で受話器を顔の横に押しあてる。

「もしもし……」

「……はい。そうです。鴨井です……」

キャロルは陽咲のもとを離れ、窓際のキャットタワーへ向かった。

「……いえ、そうじゃないです。お腹《なか》痛いのはほんとで。嘘ついてるわけじゃ」

真ん中のステップに飛び乗ったところで、明らかに声の様子がおかしいことに気がついた。

(どうしたの?)

受話器を握る陽咲の顔から、血の気が引いていた。

何度も首を横に振り、無言で電話を切る。パジャマの膝が、小刻みに震えていた。

ねえ、陽咲。あなた本当に大丈夫?

キャロルが近づいて、甘えるように額を擦《なす》り付《つ》けようとしたら、陽咲は黙って駆け出し、ソファに突っ伏した。そのまま声を上げて泣きはじめた。

いったい何が起きたというの。

こちらが鳴いて気を引こうとしても、お腹を見せたりふわふわの尻尾を揺らしてあげても、ただ泣くばかりである。

「――たっだいまー」

燿里！

上の妹が、高校から帰宅したようだ。

正直、キャロルはほっとした。猫の身にはお手上げでも、人間同士なら多少は話が通じるかと思ったからだ。

「あれ、どしたの陽咲。寝てんの？」

「うるさい、嫌い！」

「ひえ」

ソファのクッションが、回転しながら飛んでいった。これはかなり重症である。

――陽咲の突然の癇癪《かんしゃく》は、パートを終えた瑞穂が帰宅してからも続いていた。

彼女が最初に見たのは、リビングのソファで甲虫よろしく膝を抱え、口も心も閉ざす末娘の姿である。

「……どうかしたの？　何があったの」

「どーもこーもないっていうかさー」

いささか疲れた調子で、燿里が陽咲を指さした。

「なんか、ガッコの担任から？　電話かかってきたみたい」

「陽咲に？　鈴木《すずき》先生から？」

「よくわかんないけど。午後の美術の時間だけでも登校してみないか、的なこと言われたんだって。で、陽咲は断った。お腹痛いからって」

ここまで一時間以上かけて、燿里が聞き出した内容である。

好きな科目なら出て来られるだろうという、担任なりの誘いだったのだろう。しかしそれが陽咲のプライドを傷つけ、逆鱗《げきりん》に触れるとは思わなかったようだ。

「馬鹿だよねー。家電《いえでん》なんて出なきゃ良かったのに。勝手にやな思いして」

「……だって！　私しかいなかったから！　大事な用事かもしれないと思って！」

「はいはいわかったわかった。だから出なきゃいけないって思ったんだよね」

泣きながら怒る陽咲を、燿里がなだめにかかる。口調が適当すぎて火に油を注いだようなものだが、燿里もまた消耗しているのだ。彼女の性格的にも、このあたりが限界だとキャロルは思った。

あらためて瑞穂がソファに腰掛け、泣きじゃくる陽咲の背中をなでる。

「とにかく、先生とお話ししたのね」

「もうやだ。絶対あのひとずる休みだと思ってる。ずるじゃない！　ずるじゃない！」

「わかってるから。陽咲はお腹が痛いから休んだのよね。落ち着いて陽咲」

「あんなとこ行けない！　無理！」

瑞穂も燿里も、そんなに困った顔をしないでと言いたかった。

だってほんの数時間前まで、この子はすごく前向きで、また登校しようということも口にしていたのだ。キャロルはその場にいて、証人ならぬ証猫《しょうねこ》にもなったのだ。

（なのに）

たった一本、学校からの電話で、全て崩れてしまっただけだ――。

泣き続ける陽咲にかける言葉も尽きてきて、ヒトも猫も途方にくれていた。

「どうもー、心晴さんのお帰りです――」

そこにやって来たのは、事情を知らない鴨井家の長男だった。

彼は至極呑気《のんき》な顔つきでリビングに顔を出すと、「よっ。みんなガリガリ君食う？」と、コンビニのビニール袋を持ち上げてみせた。

「……あれ、どうした陽咲。なんかあった？」

「お兄こそ、その頭どうしたの……」

女性陣を代表して、高一ギャルの燿里が質問した。

朝と比べて毛皮——人間流に言うなら髪のキューティクルという キューティクルが輝いており、かつシルエット全体がこんもりと厚みのあるキノコカットで整えられていれば、誰でも気にはなるだろう。大丈夫か気は確かかと。まるで七五三に臨む五歳児である。

心晴は眉のラインで真《ま》っ直《す》ぐ切りそろえられた前髪をいじりながら、若干照れ気味に笑った。

「わかるか？　ちょっと床屋っつーか、サロンでイメージ変えてもらったんだ。大学生らしくしてくれって」

「あはははは！」

一番初めに笑い転げたのは、他でもない陽咲だった。

「キノコ！　キューティクルキノコ！」

涙を流してソファをバンバン叩《たた》き、その激しい笑いは徐々に周囲へ伝播《でんぱ》した。

母親の瑞穂は口をおさえるところでなんとか耐えたが、姉妹の方は遠慮がない。

「マジキノコ！」

「キノコ！　うける！」

「やばいキノコ！」

「キーノーコー!」

燿里も陽咲も、引きつけを起こして呼吸困難になるほど笑い、戸惑うのは兄の心晴である。

彼はおろおろと立ち尽くしたあげく、部屋の隅にいたキャロルに救いを求めた。

「な、なあキャロル。こいつら酷《ひど》いんだぞ――」

「にゃっ」

「いてっ」

こちらも当然パンチしてやった。

「ふしゃー!」

人語に訳せば『あんた誰』だ。

知らない整髪剤の匂いをプンプンさせたキノコを、飼い主にした覚えはないのである。

これは当然の処置だろう。

＊

「はいお兄、ここ座って」

風呂場の燿里が、手招きで椅子に座るよう促した。

洗い場の床に新聞紙を敷き、鏡の前に椅子を置いた、簡易の散髪スペースだ。そこに心晴を座らせ、子供の頃に使っていた散髪用ケープを着けると、心晴の眉間のしわがますます深くなった。

キャロルは陽咲に抱かれる形で、そんな心晴と燿里を脱衣所から遠巻きに見守っている状況だ。おかげでやりとりがよくわかる。

「……マッシュで襟足刈り上げてくれって言ったんだけど……」

「マッシュってマッシュルームのことだから。うまくやらないとまじ坊ちゃん刈りっていうか、キノコになって事故るよ」

「二万もしたんだぞ……」

「どーせお兄のことだから、評判いいサロンはお洒落《しゃれ》すぎて気後れするとか言って、逆張り気味に流行《はや》ってないサロン選んだんでしょ。予約なしで入れるガラガラのとこ」

どうやら図星のようだった。心晴はうなるように「二万……」と繰り返した。残念な長男である。

燿里は心晴の髪を乱暴にかき回し、あらためて櫛《くし》でとかした。

家庭用カットバサミを手に、鏡に映る兄を見据える姿は、リラックスしているように見えて真剣そのものだ。

「どーするかなー。とりあえずキノコの形なくさないとね」

「本気で切る気かよ……」

「まあなんとかなるでしょ。どう転んでも今より酷くならないだろうし」

「やっぱ俺やめ」

「はい動くなー、始めちゃったからね。動いたら耳切るよ」

じゃきんじゃきんと、燿里は大胆にハサミを入れ始めた。自分の髪が束になって落ちて行くのを見て、心晴がごくりと喉を上下させた。

そこから三十分後――。

「――どうよ！　一丁上がり」

燿里が心晴のケープを外した。

風呂場の鏡に映っているのは、サイドを短めにカットした、すっきりとした短髪である。

「あ、すごい燿里ちゃん。絶対こっちのがいい」

「はは。どやあ！」

「なんていうの、清潔感あるよ」

キノコ時代に染めたカラーや癖も一部残しつつ、額を出して全体に短くしてある。

仕上げに使ったスタイリング剤をしまいつつ、切った燿里は鼻高々だ。

「いーでしょ？ 見てよこれ。とりあえずお兄は短くしてデコ出した方が似合うよ。その方がガキっぽさは減るし」

「いやまあ……確かに……」

鏡を見ながら、心晴が困惑気味に頷《うなず》いた。

「なんか複雑だな。美容院で高い金出すより、おまえの方が結果がマシって」

「もしかして才能ある？ カット代五百円くれる？」

「ちゃっかりしてんな。後でな」

「やった」

燿里は「まいどあり」とにんまり笑った。

自分の美容に命をかけるタイプなのは知っているが、他人の髪もここまでうまく切れるとは、確かに驚きである。しかも女子ではなく、男子のヘアカットなのだ。

「どーする陽咲。ついでだから陽咲もカットする？」

「えっ？ 私？」

「私、やるよ。もうずいぶんお店で切ってもらってないでしょ」

あらまあ陽咲、大変よ。トリミングされちゃうわ。

「おお、いいんじゃないか。すっきりするぞ」

「わ、私は別にっ」

いきなりお鉢が回ってきて、末っ子の陽咲は慌てた。秋口から半年引きこもっているだけあり、毛先の長いところでは腰近くまであるロングヘアなのだ。

キャロルをしゃがんだ膝に乗せたまま赤面し、隠すように自分の髪をつかんだ。

「私は別にいいよ。切ったところで、行くとこなんてないし……」

「がーっ、その神経が好かんわ！　ほら立った立った！」

「わ」

燿里は陽咲を、無理やり椅子に座らせた。場所を譲った心晴が、連携プレーでキャロルの抱っこを引き受ける。

「お洒落すんのにさ、理由なんて必要？　あたしが陽咲なら、家にいるんでもパジャマじゃなくて、もっと気分がアガる格好するよ。ほら見てみ、伸びっぱだから先っぽ枝毛できてるよ」

「……でもそしたら、またずるしてるって思われる」

「いいじゃん別に、言いたいやつには言わせときゃ」

雑な物言いのわりに、燿里の手つきは丁寧そのもので、陽咲の長い髪を、壊れ物でも扱うように梳《くしけず》っていく。

「相手先生なんだよ。そんなの無理だよ。できないよ」

「あたしなんて担任どころか学年主任に目えつけられてたけど、なんかガミガミ言ってるわーぐらいで気にしなかったけどね」

「おまえの基準を陽咲に押しつけんな」

「んー、陽咲は大学行きたい派だろうから、あたしとは違うか。んじゃお兄がなんか言ってやってよ」

「お、俺か？」

「いえーす。示せ兄の威厳」

「んないきなり言われてもな……」

考えてみれば、陽咲が閉じこもりがちになってから、連日親の話し合いは続いていたが、子供たちの見解をあらためて聞いたことはなかったかもしれなかった。みな腫れ物に触るように、陽咲の不登校については避けて暮らしてきたのだ。

ここがある意味、その『場』なのかもしれない。

脱衣所にいる心情は戸惑いながらも、キャロルを抱え直して口を開いた。

「俺は……そもそも被害者の陽咲が登校できないこと自体が、おかしいと思うけどな。最初に加害者の方を隔離して、徹底的に指導するべきだったんだよ。学校は初動を完璧に間違えた」

「わかってるけど、それもうどうしようもないじゃん」

「いいや、そんな物わかりのいいこと言ってる場合か燿里。それだけじゃないぞ、あいつら陽咲に対しても教室に来い来い言うだけで、保健室や別室登校なんかの選択肢も何も出さないじゃないか。少なくとも行けば出席日数の足しになるのに、環境用意するのがそんなに面倒かって話だ。一〇〇かゼロかじゃなくてまず五〇を目指すのは、通常の指導の範囲で特別扱いでもなんでもないだろ」

喋《しゃべ》るうちに熱がこもり、聞いている姉妹は、驚いたように黙り込んだ。

「……けっこう熱血なヒトね、お兄」

「正直学校の方に不信感はあるんで、この先行くかどうかは陽咲の自由にすりゃいいけど、ダメでも道は沢山あるって俺は言いたいね。大学が最終目的なら、高認の試験受けるって手もある。学力落ちるのが心配なら、兄ちゃんに聞けば教えてやるよ」

「えー、お兄に聞くの？　なんかやばそう」

「燿里おまえな、俺が何学部受けたと思ってんだよ」

「え。じゃあまじで先生になる気!?」

素っ頓狂な声をあげられるが、心晴の進学先は教育学部の理学科だった。よっぽどひねたところがなければ、就職先は教育関係になることが多いのである。

鴨井家の妹たちも、合格発表の時点で聞いていないことはないはずだが、よっぽど無関心か実感がなかったようだ。心晴はがっくりと肩を落とした。

「陽咲の件で、受験するか悩んだけど、やっぱり行きたいと思ったんだよ。そんなにむいてないと思うか……?」

燿里に髪を切ってもらっていた陽咲は、そこでほんの少しだけ口を開くのをためらった後、小さく笑った。

「ううん。案外、心晴兄向けかも。悪くないよ」

「──そか」

あたくしも賛成ね。今の話しっぷりを聞けばなおさら。

「陽咲はお兄に甘いなー」

散髪用のハサミを動かす燿里も、茶化しはするが咎《とが》める雰囲気はない。

ふとキャロルは、もっとこの三人が小さかった頃を思い出した。

まだ陽咲が生まれたばかりで、燿里はよちよち歩きの活発な赤ん坊で。妹二人が危ない目に遭わないよう、幼いなりに緊張感をもって見守っているのが、長男の心晴だ。その左手が包帯でぐるぐる巻きなのは、犬から燿里をかばった名誉の負傷だ。

そう。なんだかんだと言って、この三兄妹《きょうだい》は仲がいい。成長速度は猫に比べてゆっくりだが、キャロルの何倍も大きくなって、それでも優しさも思いやりも残したままなのが嬉《うれ》しかった。

(さすがあたくしが育てただけあるわ)

風呂場で雑談を続ける子供達を見て、キャロルは自画自賛し、無性に満ち足りた気持ちになったのである。

今はまだ暗いかもしれないけれど、そのうち太陽は昇るし、ご飯も大丈夫。そんな東の空の明るさである。

＊

あれから何度目の春が来ただろう。

あの日、自宅の風呂場で髪を切ってもらった心晴と陽咲に、切った燿里も入れた三人で、ふざけて写真も撮ったはずだが、誰のスマホに入っているかは定かではない。

陽咲もすぐに気持ちが切り替えられたわけではなく、クロッキー帳を数冊描き潰してからやっと登校を始めた。心配していた高校進学は、考えた末に小規模の女子校を選んだ。今は切望して入った美大で、思う存分絵の勉強をしているはずだ。

姉の燿里は宣言通り大学には行かず、専門学校を経て、相変わらず好きなように暮らしている。

心晴は似合わないと言われながらも、大学の教職課程を修了し、その後は私立の中高一貫校に就職して生物を教えていた。実家を出る時はキャロルも一緒だと言い張り、寂しがり屋の彼とともに、キャロルは埼玉県川口《かわぐち》市に暮らす猫となった。

(ほんと甘ったれなんだから)

土日のどちらかはキャロルの持病のため、心晴が運転する車に乗って動物病院に行くことが多い。

通院用のバスケットにおさまったキャロルの耳には、どんな会話も筒抜けで飛び込んでくる。

「――まあ、全部冗談なんだけどね」

「えっ、そうなんですか！」

ただ今心晴は、きたむら動物病院の待合室で、隣に座った少女と話し込んでいる。

今でこそさわやかなイケメン風を装うこともできる心晴だが、大学デビュー当時の迷走っぷりといえば酷《ひど》いものだった。キノコ頭以外にも手痛い失敗をいくつか経験し、無難な格好や振る舞いなどを覚えていったのである。

ふだんは十代の少年少女相手に喋ってなんぼの商売というだけあり、オフは静かに過ごしたいと言っていたはずだが、最近知り合ったこの小娘とは妙に話が弾んで楽しそうだ。

（どういう風の吹き回しかしらね）

見た感じは、素材の良さを活《い》かしましたという風情の、生真面目で純朴そうな少女である。しかもこの小娘、心晴が大の苦手な、犬まで連れている。

犬は垂れ耳、胴長、おまけに短足のチンチクリンな小型犬だ。名前はフンフンと言うらしい。知りたくなくても聞こえてしまうのだ。

どう考えても心晴にとっては地雷案件で、朗らかなトークも笑顔もやせ我慢だろう。そこまでがんばる意味があるのか、キャロルには疑問である。

『いくつなの？』

『ボク？　二歳だよ！』

『そうじゃなくて、あなたのご主人の年よ』

犬の返答がいちいち元気すぎてうるさいのは、若い個体のせいか、犬種の特徴かは微妙なところだ。どちらにしろ、まともに相手にすると疲れそうである。

『藍《あい》ちゃんの年？　藍ちゃんは十七歳だよ』

『ふうん……なら今は高三ってとこかしら』

『だからどーしたのさ』

『そうね、予言してあげるわ。あと一年もすればその藍ちゃんも周りとの違いに悩んで、テンパったあげく変な毛皮になって帰ってきたりするわ』

『なっ、藍ちゃんがそんなことあるわけないだろ！』

『あるのよ。あたくしにはよくわかるの』

『嘘《うそ》だー！』

何せ実例が隣にいるのである。

『……えー、ほんとに……？　ほんとにほんと……？』

『本当よ』

ほほ、青いわねワンワン坊や。心晴の外面を信じている小娘もそう。

鴨井家の子供たちが成長したように、キャロルもまたそれなりに年を取った。美しい瞳と毛並みの輝きは変わらないと自負しているが、いつどうなってもおかしくないという主治医の見立ては、たぶん当たっている。

あがくつもりはない。命には期限があり、抗《あらが》う姿は美しくないから。ただぎりぎりまで自分らしくいようと思っていた。それは可愛《かわい》らしくわがままを言うことであり、気まぐれで心晴を翻弄することであり、よく遊びよく寝ることだった。

そうすれば、いずれＮＮＮからお迎えのエージェントが来ても、胸を張って次の派遣先を指定できるはずだった。またこの人のところに行きたいのと。

「鴨井さーん。鴨井キャロルさーん」

「あ、俺の番だ。それじゃあね、三隅《みすみ》さん」

心晴が待合室のベンチから立ち上がり、キャロルが入ったペットキャリーを、そっと抱えて歩き出す。床近くにいるフンフンが、物言いたげにこちらを見上げるから、キャロルは輿《こし》の中の女王陛下のように、余裕たっぷりに顎を持ち上げた。

ねえ心晴。聞こえる？

次も、そのまた次もわがままを言うわ。

これってば、なかなかいじらしいお願い事だと思わない？

【三隅フンフンの場合】

フンフンには時々思い出す猫がいる。

アトピーの治療で通っていた動物病院の、待合室によくいた高慢ちきな白猫のことだ。

そいつはキャロルと言った。フンフンよりもずっと年上で、でも具体的な年は教えてくれず、何をするにも偉そうで、こまっしゃくれて弁が立って、とにかく偉そうなのが特徴だった。

今はもういないけれど、たまにあいつは特別な猫だったのではと思うことがある。

(藍ちゃん、遅いなあ)

話は微妙に変わるが、最近フンフンの飼い主である三隅藍は、灰色の『ジュケンセー』からレベルアップし、念願の『ダイガクセー』になった。『ダイガクセー』がどれぐらい偉いかは不明だが、フンフンが見たところ登校するのに制服が必要なくなり、帰宅時間もかなりまちまちで、よってフンフンは、日が沈んでそれらしい時間になると、玄関の様子がうかがえる一階にいることにしていた。

「フンフーン。そんなとこにいても、藍はまだ大学よー」

止めてくれるな里子《さとこ》ママ。ボクは待ちたくてやってるんだ。

フローリングの床に腹から顎までぺたりとつけて、お菓子のエクレアのような姿で伏せをしていると、ついに玄関ドアが開く音がした。

（来た！）

ご主人のお帰りだ！

フンフンは素早く立ち上がって、一番に出迎えるべくスタートダッシュを切った。

藍ちゃんお帰り、藍ちゃんお帰り。

「ただいま。あ、フンフン」

弾丸の速さで玄関に到達すると、朝に出ていった時と同じ、紺のカーディガンに膝丈スカート姿の藍が、こちらを見つけて笑顔になる。

（藍ちゃ――藍ちゃん？）

フンフンはその場で踏ん張って身を低くし、力のかぎりに吠《ほ》えたてた。

「フ、フンフンどうしたの？　私だよ？」

嘘だ！　藍ちゃんはそんな変なアタマしてない！　毛皮が燃えて爆発してるよ！

「あのね、これデジパ。デジタルパーマ。ちょっと美容室でくるくるにしてもらっただけで……そんなに変？」

変だよ！　ボクが知ってる藍ちゃんじゃない！

部屋に一歩も入れずに吠えたてたら、藍は蒼白《そうはく》。半ベソで説明をしてくれるが、受け入れるフンフンではなかった。

そんなフンフンと藍のやりとりを聞いた里子ママが、遅れて玄関先に顔を出し、「どうしたのそのカミナリサマ！」と、決定的な言葉を口にした。藍はその場にくずおれた。

「……だから……デジパ……」

折しも四月半ばを過ぎた春の出来事で、これを事前に予見していたというなら、本当にあの猫は凄《すご》かったと思うのだ。

ふたつめのお話　お友達から卒業するなら

――ことの始まりは、一週間ほど前に遡る。

【三隅藍《みすみあい》の場合】

埼玉と東京を隔てる県境の川はいくつかあり、川口市《かわぐち》の場合は荒川《あらかわ》などを挟んで東京二十三区と隣接していた。県庁所在地のさいたま市に続いて人口も多く、都内に通勤通学する人の割合も高い埼玉南部の街だ。

荒川河川敷《かせんじき》の公営ドッグランは、休日の朝からペットを思う存分遊ばせたい市民で賑《にぎ》わっていた。

「いい、フンフン。取ってこい、できるかな」

三隅藍も犬を連れて遊びにやって来た一人で、手持ちの赤いゴムボールを、愛犬フンフンの鼻先に差し出した。

フンフンはこう見えて猟犬の血を引く、ミニチュア・ダックスフントだ。胴長短足なのも、穴の中で獲物を追うために改良されたからであり、気質的にも活発で運動能力が高い犬種である。今もピンクの舌を出し、ロングヘアの尻尾をぶんぶん振りながら、藍がボールを投げるのを待っている。

(ふふ、可愛いな)

藍は大きく振りかぶり、ゴムボールを投げた。

フンフンがさっそく、飛んでいったボールを弾丸のように追いかける。

しかし彼はフェンス近くでワンバウンドしたボールの着地点まで到達すると、ぐるぐると近いところを走り回ったあげく、けっきょく何も取らずに戻ってきてしまった。

「わう!」

「わうじゃないよフンフン。ボール取ってくるんだよ」

褒めて褒めてとじゃれついてくるが、これでは『取ってこい』の意味がない。藍は嘆息した。

(もー、なんかボール投げとか苦手だよね……)

教えたての子犬の頃の方が、まだ成功率が高かった気がする。どうしてこうなったのだろう。

たぶんどこかで指示が混線したのだろうが、修正方法がわからなかった。

（犬のかわりに人間がおもちゃを回収に行くって、ちょっと悲しい……）

フンフンの首のリードを付け直し、転がっていったボールを自分で探して戻ってくると、笑顔の青年が藍のことを待っていた。

「や、お見事。前半は完璧って感じだね」

「お恥ずかしいです、ぐだぐだで……」

屈託なく笑う鴨井《かもい》心晴《こはる》の顔を、今は真《ま》っ直《す》ぐ見ることができない。色々な意味で。

犬飼いと猫飼い、動物病院の利用者同士で始まったこの関係も、一年かけてだいぶ変わったと思う。心晴は前より犬に耐性ができただろうか。週末の犬散歩にはよく顔を出すし、時にはこうしてドッグランまで遠征してくれる。

対して藍はと言えば、自覚した恋心に戸惑うばかりだ。

最初はただ話すのが楽しくて、欲と言えば下の名前を知りたいぐらいだった。その次はお友達になりたい。そしてそれだけでは飽き足らず、もっと近しい感情を抱いてしまった自分は、とんでもない贅沢《ぜいたく》者だ。でも認めるしかないとも思っている。

「ちょっと見てて思ったんだけどさ、使ってるボールっていつも同じ？」

「え、ボールですか？」

心晴を横に見て半分上の空だった藍は、慌てて自分の手元を見直した。

ゴムボールは一年ほど前に、ホームセンターのペット売り場で買った犬用のおもちゃで、赤くて噛《か》むとキュウキュウ鳴く笛が入っている。大抵は、散歩バッグの中に入れっぱなしにしていた。

「そうです。他には持ってなくて」

「そっか……なら試しにこっちも投げてみない？」

心晴が言って、ポケットから別のゴムボールを取り出した。

「いいんですか？」

「うん。良かったら使ってみてよ。フンフン向きかと思って」

大きさや素材は似たような感じで、ボール自体がデフォルメされたペンギンの姿をしていた。

ペンギンの手足が短くて、ちょっとぶてぶてしい顔つきをしているところは、確かにフンフンに似ているかもしれない。犬が苦手だったはずの心晴が、こうして飼い犬のことを気に掛けてくれること自体が嬉《うれ》しかった。

「ありがとうございます。すごく可愛いですね。ほら見てフンフン、心晴さんが新しいボールをくれたよ。よかったね」

フンフンは、物珍しそうに差し出された新品のボールを嗅いでいる。

しかしいただいたところで、結果が目に見えているのは痛かった。

「……な、投げてみましょうか」

「うん。一回見てみたい」

ごめんなさい、心晴さん。ダメでもがっかりしないでください。

藍は心の中で謝罪の言葉を唱えつつ、貰《もら》ったボールを放り投げてみた。

リードを外したフンフンが、再びボールの後を追いかける。バウンドして草の中に入ったボールの、落下地点近くまではあっという間だ。距離を詰めるのは本当にうまい。

問題はそこで興味をなくしてしまうのか、ボールを見つけることなく適当にお茶を濁して帰ってくることだ。

今回もきっとそうに違いないと思ったが――奇跡が起きた。

彼は伸びた芝の間から、しっかりペンギンボールを見つけてくわえ、こちらを振り返るではないか！

「フ――フンフン！」

藍が興奮気味に呼びかけると、そのまま一直線に駆けてくる。夢ではない。藍はしゃがんで両手を広げ、地面すれすれから飛び込んでくる愛犬を受け止めた。

「すごいすごい！　ちゃんとできたねえ！」

「わう！」

「偉いよフンフン！」

偉すぎて泣きたいぐらいだった。

褒めちぎりながら何度も頭をなで、首もなでて胴体もなでてと褒《ほ》め称《たた》え続けていると、フンフン自身も喜びが振り切れて訳がわからなくなったようだ。地面に寝転んでお腹《なか》を見せ、なお満面の笑みで尻尾を振り続けている。

「心晴さん！」

「よかったね。ナイス『取ってこい』だ」

心晴は拍手してくれるが、藍がどれだけ感動しているか、深いところは彼にもわからないだろう。

「こんなにうまくできたの、本当に久しぶりなんですよ。急にどうしちゃったの、フンフン」

「それね、やっぱり視力の問題なんじゃないかな」

——視力？

藍はフンフンをなでながら、顔をあげた。

「いくら人間より耳や鼻が良くても、こっちが思ってるより目も使って生活してるんだよ」

「フンフンは、目が悪いんですか？」

「いや、ごめんそうじゃなくて。なんかキャロルやプー子見てても思うんだけど、あいつら物の形や動く軌道はしっかり把握できてても、色はあんまり見分けてない感じなんだよね」

これは生き物が色や光を感知する、構造上の違いの問題なのだと心晴は言った。

「構造上の違い……？」

「そう。基本的に脊椎動物ってのは、明暗を見分けるのに使う細胞と、色を見分けるのに使う細胞の、二種類のセンサー細胞を持ってるんだよね。ここ、網膜にある桿体視細胞《かんたいしさいぼう》と錐体視細胞《すいたいしさいぼう》ってやつなんだけど」

心晴は地面の草が生えていない場所に、小石で眼球の断面図を描き始めた。黒板の板書を思わせる手際のよさだ。

「俺たち霊長類は、可視光を感知する錐体視細胞がさらに三種類あって、それぞれの出力差で赤だ緑だ青色だって色を感じ取って見分けてるのね。一般に三色型色覚って呼ばれてるタイプだよ。で、犬や猫なんかの霊長類以外の哺乳類は、錐体視細胞が二種類しかない二色型色覚なんだ」

「二色型だと、何か違うんですか？」

「色の見え方としてはまあ、ざっくり青から黄色のグラデーションって感じで、赤と緑が見分けられない。動体視力はいいから動いてるうちはともかく、草むらに入った赤いボールなんてのは、人間が思うより目立たないんだよ」

藍の目で見れば、はっきりわかるところに落ちているのに、フンフンが気づかなかったのはそのせいなのか。

散歩バッグにしまった赤いボールと、今、足下に落ちているペンギンのボールの、違いがどこにあるかと言えば。

「かわりにそっちのペンギン柄の青と白みたいに、コントラストがはっきりしてる方が、犬猫にはわかりやすいみたいだね」

「そうですか。私はフンフンに悪いことをしましたね……」

反省しなければと思ったが、心晴は苦笑した。

「藍ちゃんは真面目だ」

「でもフンフンには不便だったんですよね」

「そうだね。確かに俺が今言ったみたいな言い方だと、犬猫の二色型がヒトの三色型に比べて劣ってるように聞こえるかもしれないけどさ、別にそういうわけでもないんだよ。あいつら、俺たち三色型と違って、『色』なんて余計なものにリソース割いてないから。かわりに桿体視細胞を発達させることもできたわけで」

「桿体視細胞って……」

「明るい暗いを判断する細胞ね」

暗い中でも、物の形をしっかりと捉えることができる。いわゆる夜目がきくようになるのだと心晴は言った。

「こういうのはさ、暗い中で動く獲物を見つける必要があった種族の、共通した特徴なんだよ。他にはそうだな……たとえば背景の色と同系色の物があると、三色型は色に引きずられて手前の物の形を捉え辛《づら》くなったりもするけど、二色型だと微妙な明度の違いや動きだけで判断するから、逆に有利に働くわけ」

「なるほど……一概に不便というわけでもないのですね」

「そそ。試しに日が沈んでから草むらの中にいるカエルを探す競争なんてしたら、たぶんあいつらの圧勝だよ」

「確かに」

藍は笑った。それでなくても彼らは、超高性能の耳や鼻の持ち主なのだ。勝負などお話にもならないだろう。

「どうして人間は、三色型色覚になったんでしょう」

「それはもう、生き残るための生存戦略だろうなあ」

心晴はしゃがんだまま、腕を伸ばした。

「俺たち霊長類のお猿さんは、犬や猫のご祖先様より後に出てきただろ。爪や牙で狩りをするかわりに、森の中で木の実や若い芽なんかを探す能力を欲したわけ。夜目がきくより、林檎《りんご》の熟れ具合がわかる目になりたい。長じて赤や緑の見分けができる、三色型色覚になったってわけ」

「どちらに重きを置くか、みたいな話になってきますね」

「だね。ちなみに鳥や爬虫類《はちゅうるい》には三色プラス紫外線も見分けられる、四色型色覚がごろごろいます」

「え、すごい」

「魚の一部には水面方向と水底方向で色覚自体を変化させる奴もいるし、眼球っていうモノ自体を比べるなら、イカの目玉はボディに対してめちゃくちゃでかいです。ヒトの比率に直すと、片目でバスケットボールぐらいある」

「バッ⁉」

わざわざ手で大きさを表してくれ、藍は絶句した。いったいなぜそこまで巨大にする必要があるのだ。

「これがもう、性能もすこぶるいいレンズでさ。盲点もなければピント調整もお手の物で、コウイカの視力検査で〇・八九とか出たらしいから、裸眼だと俺はイカより目が悪い」

「私はぎりぎりです……」

「ホタテとかね。ひものところに目が八十個とかあるらしいし」

なんだか神妙な気分になってしまった。

今見えている物の見え方は、あくまで自然界のごく限られた種族の見え方で、もっと多彩な視界がこの世にはあるようだ。

「だからさ、藍ちゃん。本当にその場で必要な能力をチョイスした結果ってだけで、どっちが上って話じゃないんだよ」

こういう話を楽しそうにする心晴は、私立高校の先生だ。

藍が卒業した学校とは別の学校だが、きっと実際の生物の授業も、生徒は退屈しないに違いない。一度ぐらいは受けてみたかったなと思うが、こうして折に触れて楽しい話を聞かせてくれるだけで充分だろう。

「——あ。でもちょっと待ってください心晴さん。もしかして、今のお話には嘘《うそ》があるのでは？」

いつもの心晴なら、ここらで一つフェイクも入れるだろう。人をからかうのも大好きな先生なのだ。

心晴が意味ありげに片眉を跳ね上げる。

「お、どこだろう」

当ててみせろということか。わかった、受けて立とう。

藍は思案を始める。

まずイカの視力のくだりは突拍子もなさすぎて嘘っぽいから、逆に本当かもしれない。そうなると怪しいのは鳥と爬虫類の四色型色覚あたり……実は紫外線ではなく赤外線——と見せかけて。

「最後にさらっと入れてきたホタテがクロ、というのはどうでしょう」

「残念、今回に限ってはみんな本当でした」

藍は心からがっかりした。

「……負けました……」

「だんだん騙《だま》し辛くなってきたなあ」

心晴は朗らかに笑ってくれるが、冗談ではない。一応、今期の藍のテーマは、『嘘を嘘と見抜く』なのである。

相手は七つも年上で、こちらはようやく成人して大学生になったレベルだった。いつまでも相手の言うことを真に受けて翻弄されるままでは、永遠にからかい対象のお子様から抜け出せない気がするのだ。

「生き物ってすごいんですね」

藍は犬のフンフンを抱き上げ、若干お手上げの気分で言った。

自分など紫外線も見えないし、夜目もきかない。他の動物から見たら、ありえない貧弱さだと思われているかもしれないのだ。

「謙虚になりたかったら、動物園に行くのが一番よ。滝に打たれる気分でライオンやオオカミ見た後、チンパンジー見ると『あーやっぱ俺こっち側だわ』って思うね」

「そういえば私、オオカミってテレビ以外で見たことないかもです」

「ないの？　上野《うえの》の動物園とかにいなかったっけ」

藍は首を横に振った。こちらに越してきてから美術館に行くついでに、上野動物園にも行ったことはあるが、藍の記憶が確かならオオカミは展示していなかったはずだ。

心晴がわざわざスマホを開いて、調べ始めた。

「……あー、ごめん藍ちゃん。確かに上野じゃないね。俺が見たのは多摩《たま》動物公園だよ。俺、就職するまで八王子《はちおうじ》市民だったから」

「そこにはオオカミがいるんですか？」

「うん、いるよ。オオカミもチンパンジーも、ライオンもいる。正直どこの動物園でもいるもんだと思ってたんだけど、東京近辺だと多摩か東武《とうぶ》動物公園ぐらいだったよ」

藍は、どちらの動物園にも行ったことがない。

「なんなら今度の休みでも行ってみる？　多摩動物公園」

「えっ、いいんですか？」

「のんびり遊びに行くならいいとこだよ、緑も多いし」

心晴の提案に、藍は一も二もなくうなずいた。

「はい、行きます。行きたいです！　あ、それなら汰久《たく》ちゃんも一緒ですよね」

「そうだな。あいつにも話を聞いてみるか」

フンフンも一緒にドッグランの小型・中型犬コーナーを出て、隣の大型犬コーナーに向かった。

そこには藍の犬友である蔵前《くらまえ》汰久が、愛犬のバーニーズ・マウンテンドッグを遊ばせているはずだった。

ところが――。

「は？　どーぶつえん？　やだよそんなの」

愛犬カイザー（メス）の豊かな毛並みをなでながら、汰久は即答した。

「……え、楽しいと思うよ。動物園……」

「オオカミ見たくないか？　イエイヌのご先祖様だぞ。生はめっちゃ格好いいぞ」

「ガキじゃないんだから。貴重な休み潰してお邪魔虫になりたかないわ」

彼はすげなく言って、かぶっていた黒パーカーのフードを、さらに目深に引き下げた。

ちなみに天気は、晴れでも雨でもない薄曇りだ。

「……なあ。おまえそれで、前とか見えるのか？」

「いいんだよ。へたに『視《み》え』すぎると奴らに気づかれる……」

藍と心晴は、顔を見合わせた。

身長こそ平均以上の大人サイズだが、蔵前汰久は黒服とキャップやパーカーなどのかぶり物を愛用する中学生である。先日二年生に進級したところだ。

「思春期なんですかね……」

「絵に描いて額装したくなるような中二病だ……俺も人のこと言えなかったが」

自分の時はどうだったろう。お気に入りだった歌手の、ちょっとアングラな歌詞を書き写して詩集と称していたことはあるが、あれはセーフだろうか。引っ越しの時にノートを処分した記憶がないということは、今も家のどこかにあるのだろうか。

(後で捜そう……)

変なタイミングで第三者に見つかったら、死んでも死にきれない。

「まあ汰久、ほどほどのところで床屋に行けよ……あんまり前髪うっとうしいと、目が悪くなるからな」

「いでよ業火の門番！　ケルベロス・グラン・バスター！」

汰久が投げたオレンジ色のフリスビーを、カイザーがわふわふ言いながら追いかけていく。

命令《コマンド》が思春期の病に冒されて複雑化しようと、カイザーは優秀なので対応できているようだ。新しい骨のある遊びが始まったとでも、思っているのかもしれない。

「グッド！　それでこそオレの眷属《けんぞく》だ！」

大好きなカイザーを楽しませて可愛《かわい》がる気持ちは、昔も今も変わらないようだし、あまり心配することでもないのかもしれない。

となると問題は――。

「どうする藍ちゃん。それなら俺たちだけで行く？」

何気ない顔で言われ、藍は内心死ぬほど驚いたのである。
「！」

＊

『キャンパスまで一時間半。時間あるから読書が捗《はかど》る！』

友人がコメントとともにSNSへ投稿した写真は、駅のホームで文庫本を持つ手のアップだった。

予備校で知り合った林真菜《はやしまな》のアカウントだが、今は埼玉の実家から東京を縦断し、神奈川のキャンパスまで通っているらしい。

飼い犬の散歩も大変なので、今は家族を巻き込みローテーションを組んで対応しているそうだ。裏返せばそういうことができるようになった事実を、藍としては嬉《うれ》しく思う。一時は言うことを聞かない保護犬に、たった一人で対応していたのを知っているから。

（林さん、ネイル可愛いな……）

写真に写る革の文庫本カバーも洒落《しゃれ》ているが、それを持つ左手の爪に目が行ってしまう。

春らしい桜色に、花びらのようなチップがついていた。

新しい環境で学び始めた真菜は、彼女なりに大学生活を楽しんでいるようだ。

高校時代は藍同様に校則命で、予備校にはシールだろうがネイルをしてくるようなタイプではなかったが、大学で色々解禁したようだ。先日は髪を切ったとも言っていた。

他方で自分はと言えば——。

藍が進学した律開《りっかい》大学は、東京都内の池袋《いけぶくろ》にある。ミッション系の私立大学で、キャンパス内に綺麗《きれい》なチャペルがあったり、キリスト教を専門に勉強する学生がいたりもするが、学部の傾向は文理問わず多岐にわたる。どこにいてもおおむね自由に過ごせるのが、大学という環境らしい。

藍は公認心理師を目指して、心理学部に入った。一年生は一般教養や概論が中心らしく、高校時代とはまるで違うシステムの履修登録を、目を回しながらこなしたところだ。

「三隅ちゃーん。今日はお昼どうする?」

大教室での基礎講座が終わったところで、友人の真鍋立夏《まなべりっか》が声をかけてきた。

「私はお弁当持ってきた」

「そっか。カニちゃんとりょーちゃんがカフェテリア行きたいって言うから、一緒にどう?」

「ありがとう。行く行く」

連れだって、階段状の教室を出る。

高校までと違い、大学には明確なクラスというものが存在しないと聞いていたので、人見知り気味の藍は友達ができるか心配だったが、初級の語学クラスで多少知り合いができたのはありがたかった。特にペアで自己紹介をしあった立夏はコミュニケーション長者らしく、気づけば他学科の女子もランチ仲間に加わっていた。

「そういやみんな、サークルどこ入るか決めた？」

カフェテリアの屋外席で、立夏がテーブルにいる全員に聞いた。

「はい、私はマスコミ研」

「バイト優先だからパスです」

「ゴスペル研究会とフットサルで迷ってる」

「三隅ちゃんは？」

「あ……私は、絵本同好会にしたから……」

「絵本」

「そう絵本」

入学式が終わった後、サークル勧誘の人は沢山来たが、それより掲示板に貼ってあったフェルト製のポスターが気に入ったのである。

活動内容としては、毎週集まって読書お茶会を開いたり、都内の絵本専門店に行ったり、読み聞かせのボランティアをしたりするらしい。部室で会長さんと副会長さんに会ったが、かなりパワフルで熱い人だった。犬のダーシェンカが好きだと言ったら、大歓迎だと握手してくれた。

「だ、だめかな」

「いんや。実に三隅ちゃんらしいよ。なんか安心した」

「だよね。ここでいかにもなイベントサークル入りましたとか言われたら、逆にひっくり返るよね」

「そうそう。むしろ止める」

いったいみんなは、藍をどういう人間だと思っているのだろう。

少なくとも、華やかで王道なサークル活動は似合わないと考えているようだ。

(やっぱり……私ってなんか地味、かもしれない)

薄々思っていたことではあるが。どうしようもなく野暮ったい。悪く言えばそういうことになる。

ついこの間まで同じ高校生だったはずなのに、ここで一緒にランチを食べている子たちはみな、サナギが蝶《ちょう》になったようにお洒落で可愛かった。周りを見回しても、みな大人っぽくて都会のキャンパスに馴染《なじ》んでいる人しかいない——ように見える。林真菜も、この言い知れぬ外圧を受けて変わろうとしているのだろうか。

高校までは『地味で堅物の優等生』キャラで許されていたが、ここにいる学生はみな藍と同難易度の入試をくぐり抜けているのだ。言い訳は許されない。その上でなぜこうも皆さんキラキラしているのか！

（髪とかずっとおかっぱだし。メイクとかいまだによくわかってないし）

今さら明るいパリピになれる気はしないし、華のある人には華々しくいてもらって、自分は地味でも堅実にいられればそれでいいと思っていた。しかし、実際は悪目立ちするレベルで野暮ったい女子になってしまっていたらどうしよう。

こんな地味ジミ人間が、心晴と一対一で動物園など、おこがましいにもほどがないだろうか。

「くう」

「ど、どうしたの三隅ちゃん」

お弁当の箸を握りしめ、藍はかろうじて「なんでもないよ」と答えた。

汰久が同行を拒否した時点で、二人っきりになるのはわかりきっていた。断ればよかったかもしれない。でもできなかった。行きますとこの口が言ってしまった。

向こうにしてみれば犬の散歩の延長線で、デートのような他意はないかもしれないが、明後日《あさって》の土曜には心晴と二人で動物園だ。

——改革が必要だと思った。

せめて一緒に行く心晴を、がっかりさせない程度には。大学生らしくイメチェンするのだ。

「次の講義休講だって。どっか遊びに行く？」

「あのっ、質問があります！」

「おう、いきなり敬語だ」

堅苦しくてすまない。だがこちらも切羽詰まっているのだ。

「みんな服とか化粧品とか、どこで買ってるの……？」

恥を忍んで、キラキラ黒帯な皆さんにヘルプを求めた。

知人の男性と遊びに行く予定が迫っているのだと言ったら、なんとなく全員の目の色が変わった気がした。

それから休講時間を使って、みっちり知恵を授けてもらった。その叡智《えいち》はあまりに膨大かつ多方面にわたりすぎて、全部咀嚼《そしゃく》するには時間がかかりそうである。

帰りの電車の窓に映る自分を見つめ、藍はなんとはなしに改造計画の続きを考えてみる。

（髪もどうにかしようかなあ）

特にこの、ぱっつんな前髪。太くて硬い直毛。これのおかげで何事にも、クラシカルな女学生の雰囲気が漂ってしまっている気がする。

もっとやわらかくてふわふわな、犬にたとえて言うならマルチーズやキャバリアの耳みたいな感じが欲しい。軽くパーマをかけたら、藍も変身できないだろうか。

『うわあ、ずいぶん大人っぽくなったね。見違えたよ！』

イメチェン後の自分と、それを見た心晴の反応を想像したら、口元がゆるみそうになった。だめだ、ここは公共の場だ。藍はぴしゃりと己の頰を叩《たた》いた。

ともあれこれも、自己改革の第一歩のはずだ。

藍は思い立ったが吉日とばかりに地元駅で降りると、いつもお世話になっている美容室に電話を入れた。

予約はすぐに取れた。

「――いらっしゃい、藍ちゃん！」

「いきなりですみません」

「いいのよ。ちょうど空いたとこだったから」

藍が利用している店は、近所にある個人経営店である。中三でこちらに越してきてから、里子《さとこ》ともどもずっと面倒をみてもらってきた。

担当は推定五十代のマダムで、店長の奥さんらしい。

客層は若者よりも主婦世代中心で、良くも悪くも落ち着いていたが、こうやって飛び入りでもすぐ切ってもらえるし、もう何年も通って難しいことも言ってこないので、藍としても緊張しなくて気楽だったのだ。

席に通されると、さっそく聞かれた。

「で、どうしたいの？　いつものボブ？」

「あの……全体にパーマかけようかなって。こういう感じで」

「えーっ、やだもったいない。藍ちゃんたら、そんなに綺麗なストレートなのに」

藍がスマホで希望の画像を見せようとする先から、店長の奥さんは反対した。

「……で、でも、ずっと同じも良くないかなって」

「スタイルがある女は美しいわよ」

「なんか真っ直《ます》ぐすぎて、ボブっていうよりおかっぱっぽくて」

「いいじゃない、おかっぱ。清純で学生さんらしくて可愛《かわい》いわよ。藍ちゃんによく似合ってるのに」

それが嫌だから変えたいのである。

相手はアイシャドウの濃い目をしばたたかせ、じっと藍を見ている。確かに己のスタイルに自信がある人特有のオーラが、全体からにじみ出ている。

――圧が。マダムの圧が強い。

「いえっ、それでもお願いします！　イメージ変えたいんです！」

負けるな私。ぱっつんから脱出するのだ。

「そう……？　ならやるけど……」

渋々といった調子であった。

「参考画像はこちらでお願いします」

藍が差し出したスマホを、ちらと目に入れてから、店長の奥さんは施術を開始した。

自分は折れなかった。これできっとうまくいくと思った。

そして、開始から二時間が経過――。

鏡の前に現れたのは、参考画像と似ても似つかぬボンバーヘッドである。

藍が動くと、鏡の中のボンバーさんも動く。

「はい、できあがり。どこか気になるところとかある？」

嘘だろう。

聞くのか、それを。

(気になるって)

どこと言うか、どこもかしこもと言うか。

藍は仰向けに卒倒したいところを堪え、かろうじて口を開いた。

「……もうちょっと、ゆるふわな感じだと思ってたんですが……」

「それねえ。あなたの硬い髪質だと、しっかりめにかけないと、すぐ落ちて戻っちゃうから」

それでこんな『ふわ』じゃなくて、『くりんくりん』なのか。

思わず両手で、髪をなでる。自分のものではないかのような手触りだ。

今までがこけしか日本人形なら、今度はミュージカル『アニー』の子役で出られそうである。おかしいだろう。絶対におかしい。

「今日は違和感あるかもしれないけど、まあそのうち落ち着くわよ。大丈夫、ご要望通り大人っぽくなったわよ」

鏡越しにウィンクされた。つまり、これで終わりであり完成形ということか。

きつねにつままれた気分のまま、規定料金を払って店を出た。

(イメチェン……?)

あまり悲観するなと言い聞かせた。小さなことを大きく受け取り、くよくよしやすいのは、自分の悪い癖だ。

一応はプロがやってくれたものだし、イメージと少し違っただけで、これはこれで悪くないのかもしれない。

念願の脱おかっぱ、脱ぱっつんを喜ぼう。すれ違う人の視線が集まる気がするのは、きっと素敵になったからだ。そうやって自己欺瞞《ぎまん》という名の自己暗示をかけ続け、繁華街を抜けて自宅に帰り着く頃には、藍の足取りもかなり軽くなっていた。

「ただいま——」

しかし、玄関のドアを開けたとたん、子犬の頃から飼っている愛犬に唸《うな》られた。

「フ、フンフンどうしたの？　私だよ？」

歯を剝《む》き出《だ》しにし、激しい勢いで吠《ほ》えてくる。こちらがわからないというのだろうか。

「あのね、これデジパ。デジタルパーマ。ちょっと美容室でくるくるにしてもらっただけで……そんなに変？」

「どうしたのそのカミナリサマ！」

ああ、この世って残酷だ。犬に加えて、実の親にも追撃をかけられ、藍はその場に膝をつくしかなかったのである。

革命、改革。それは、血塗られた人類の歴史――。

【鴨井心晴の場合】

『ごめんなさい、風邪を引いてしまいました』

（え、マジか藍ちゃん）

土曜の朝七時半、やってきた連絡に、心晴は我が目を疑った。ちょうど今まさに、藍と会うべくでかける支度をしている最中だったのだ。

『大丈夫？　お大事にね』

『本当にすみません』

『気にしなくていいよ』

新品のシャツに半分袖を通した状態で、物わかりのいい返事を出すものの、内心の落胆は激しかった。

「マジか――」

その場にしゃがみこんで、予定が流れた事実をかみしめる。

正直に言うと、めちゃくちゃ楽しみにしていたのである。たかだか行き先は動物園で、汰久の反抗期でメンバーが二人に減っただけなのだが。それでも中止にはせず藍を誘った時点で、思うところがなかったと言えば嘘《うそ》になる。

（ああそうさ、認めるよ）

心晴の職業は、高校教師だ。さして褒められることのないクズ社会人だろうと、常に適切な距離感と清潔感を心がけ、最低限の線は引いてきたつもりだ。

しかし相手も心晴のフィールドを卒業したことだし、曖昧な『お友達』から一歩進んで彼女になってほしいと、この機会に自分の口で言うつもりだったのだ。それが――。

（なんだかなー。もしかして、言われそうな気配を察してとか……？）

事実なら落ち込むどころではない。できればないことを願いたい。

ともあれ今日一日の予定が、まるまるなくなったのである。心晴は脱力したヤンキー座りのまま、自分が暮らす１ＤＫのアパートを、あらためて見つめ直した。

男の一人暮らしというだけあって、機能一辺倒かつ、うるおいや彩りに欠けた部屋だ。洗濯物がたまっている。いいかげん、どうにかしなければ。

冷蔵庫の豆腐も、そういえば賞味期限待ったなしだ。

毛足の短いカーペットの上を、ラッパ状のカラーを首につけたブチ猫が全力で走っていった。

「こらプー子、危ないだろう！」

「んなー！」

いつもの調子で狭いベッド下にもぐりこもうとするから、頭より大きいカラーが引っかかってしまっていた。もがいて暴れているところを、慌てて後ろからつかんで持ち上げた。

「なーう」

「頼んでもだめだ。それは外せない」

だらんと脱力したまま要求する姿は愛らしいが、腹の毛が剃《そ》られて抜糸も済んでいない状況では無理なのだ。

猫の名前は、鴨井プンプリプイッコ。略してプー子。心晴が以前、駅前の公園で拾った保護猫である。

最初はネズミかと思う小ささだったが、生後半年も過ぎたので避妊手術を受けさせた。縫った傷口を舐《な》められても困るので、動物病院でエリザベスカラーも取り付けてもらったが、まあ安静というものを知らないようだ。

「……そうだな。今日は思う存分、おまえと遊んでやるよ」

どうせ暇になったのである。そう暇人に。

プー子のために猫じゃらしを振り、紙玉を投げ、合間に掃除と洗濯と仕事関係の資料を読み込んでいたら、予想以上に捗《はかど》ってしまった。

病床の藍には、エリザベスカラーのプー子を撮って送った。

『**かわいい**』

反応は一言だったが、寝込んでいるならこんなものかと思っていた。

しかし翌週になっても、藍の顔を見ることはできなかったのだ。

＊

週末の朝がやって来て、いつもの『Café BOW』で待つのもまどろっこしかったので、藍たちが犬を散歩させているであろう川口西公園に、小径自転車《ミニベロ》を転がして直接乗り込んだ。

芝生の広場や遊歩道、遊具のあるエリアまで一通り見て回って、会えたのは前髪がうっとうしい黒ずくめの少年だけだった。

「汰久、藍ちゃんは？」

「さあ。知らね」

カイザーのリードを握りながら、汰久はそっけなく答える。

「おかしいな。いつもこれぐらいの時間だよな」

「連絡取ったりとかしねえの？」

しないんだよ、悪かったな。心晴は内心毒づいた。

なまじ藍がルーティンを守りイレギュラーな行動を取らないタイプなので、最近はわざわざ予定を確認するようなこともなかったのだ。こちらも公園に行くか、カフェで待つかすれば、まず会えるという安心があったというか。慢心だろうと言われれば、その通りである。

(仕方ない。連絡してみるか)

なんとなく負けた気分になりながら、自転車を押す手を替え、スマホを取りだそうとした時である。

「……三隅のおばさんがいるじゃん」

汰久の呟《つぶや》きに、心晴は顔を上げた。

木が多い公園内の歩道を、カラフルなジョギングウエアのご婦人が歩いている。赤いリードのミニチュア・ダックスフントを散歩させており、よくよく見ればフンフンと、藍の母親の三隅里子だった。

「おーい、おばちゃーん！」

汰久が声を張り上げると、芝生の反対側にいる彼女もこちらに気がついた。

フンフンともども、走って近づいてくる。

「おはよーう、たっくん。カイザーの散歩？　いつも偉いわねえ！」

「たっくんじゃねーし……」

「あらま、おまけに鴨井さんまでいるの」

藍によく似た里子夫人は、生真面目な藍と違って、オープンでフランクな人である。カフェでサシで話したことがあるから、よく知っている。そして彼女が散歩係を引き受けているということは、藍の体調不良は思ったよりも長引いているのかもしれない。

（大丈夫なのか？）

予想していなかっただけに、急に心配になってきた。

「藍ちゃ……いえ、藍さんの調子はまだ良くないんですか？」

「いいえ、ピンピンしてるわよ」

ますます驚いた。

ならばなぜ。

「んー、そうねえ。こうやって鴨井さんが先回りしているなら、あの子も顔は合わせづらいかもしれないわね」

──うっ。

屈託のない言葉のナイフが、心晴の胸をえぐった。まさかそこまで避けられているとは思わなかった。

「…………ホント、気ヅカナクテ申シ訳アリマセン。ゴ迷惑ヲオカケシマシタ……俺、死ネ」

「あっ、違うのよ。別に鴨井さんが悪いわけじゃないのよ。理由の半分は鴨井さんかもしれないけど」

「……どういうことですか？」

「いい、これ内緒よ。あの子ね、美容室で大失敗したのよ」

そして里子は、気持ち声をひそめて『ここだけの話』をしたのである。

【三隅藍の場合】

一般に髪とは地肌から出ている部分を毛幹、そして毛穴に埋まっている部分を毛根と呼ぶらしい。

毛根の一番奥にある毛球で、髪のもとになる毛母細胞が毛乳頭からの指示を受け分裂と増殖を繰り返し、最終的に角化したものが毛髪となる。

つまりふだん目に見えている髪の毛、毛幹の部分は死んだ細胞のなれの果てとも言えるが、毛母細胞自体は日々増殖しているため、それに押し出される形で髪は伸びていくのである。日本人の平均なら、一日〇・三から〇・四ミリの速さらしい。

（一ヶ月で一センチ……）

根を詰めて調べすぎて、髪の構造ばかり詳しくなってしまった。

勉強机に置いたノートパソコンには、そういう毛と髪にまつわる情報が複数のウィンドウに表示されていて、藍は死んだ魚の目でそれを見つめている。

引き出しから手鏡を取り出す。

数日たっても落ち着きを見せるどころか、相変わらずのくるくるっぷりだ。さすがは針金のようなストレートを誇っていた、我が毛髪である。硬い針金を巻けば、できあがるのはコイルかスプリング。理屈としては非常にわかりやすい。

（ぜんぜん嬉《うれ》しくないんだけど……！）

元に戻そうにも、短期間でパーマを二度かけるようなものだから、すぐにはできないらしい。

とりあえずこの一週間、外出は必要最低限だった。大学だけはボリュームが出ないよう、きつく縛ってひっそり講義を受けた。友人たちは、この髪でデートをふいにしたと知って言葉少なだった。五限が終わる頃には、こめかみがジンジンして頭痛がした。

「藍ー、散歩終わったわよー」

背後のドアが開き、里子に解放されたフンフンが、弾丸のように飛び込んでくる。

当初は藍を不審人物に認定したフンフンだが、すぐに誤解が解けたのは救いである。今は感動の再会とばかりに、藍の足下にまとわりついて尻尾を振っている。つい三十分前まで一緒だったことは、関係ないようだ。

「おかえり、フンフン」

「わん！」

「お母さんもありがとう、かわりに散歩行ってくれて」

椅子に座ってフンフンをなでながら、藍は礼を言った。

平日の散歩は帽子をかぶって手短にすませてしまえるが、土日は心晴と顔を合わせるかもしれないから、どうしても行きづらかったのだ。

「別にかまわないけど、いつまでこうする気なの？」

「それは……」

もちろんこの残念な髪がのびるか、パーマが根負けしてゆるくなるまでと答えようとして、言葉につまる。それはいったい何ヶ月後だと、自分でも聞きたいぐらいだった。それまで心晴のことを避け続ける気か。

しょせん見た目なんて、網膜にある桿体視細胞と錐体視細胞が感じ取った主観的なものの集合体だ。今見えている物の見え方は、あくまで自然界のごく限られた種族の見え方であり、藍の目で見ておかしなヘアスタイルだろうと、この可愛《かわい》いフンフンの目で見ればまた別――。

（物の形はちゃんとわかるって、心晴さん言ってた！）

だから吠《ほ》えられたのだ。自分で自分をフォローできずに、フンフンを抱きしめた。

「こじらせてるわねえ……」

「カミナリサマって言った人は黙ってて……」

考えだすと堂々巡りで、あそこで美容室に入ってしまった自分を呪うしかないのである。

「はーい、注目！」

いきなり里子が、戸口で手を叩《たた》いた。

「お悩みの藍さんに、耳寄りな情報があります！」

いったいなんなのだ。

里子は散歩用バッグの中から、一枚のカードを取り出した。

「ヘアサロン『AQUA』の、吉田《よしだ》さん……？」

「そう。新宿《しんじゅく》にお勤めの、とっても腕のいい美容師さんらしいわよー。よそでうまく行かなかった髪形とかも、相談にのってくれるんですって。行ってみたら？」

どうもスタイリストの名刺らしく、カードの裏面には勤め先の美容室の住所と、連絡先も書いてあった。

腕のいい美容師。本当だろうか。母のお薦めというのがまた油断ならない。

直前に大失敗しただけあり、藍はかなり疑心暗鬼になっていた。

「まあ別に、ママも無理にとは言わないけど。このまま伸びるの待って、その間会いたい人に会えないのも勉強よね。髪だけに人間関係カットアーウト？」

「や、やめてよ、そういう言い方っ」

「でもほんとのことでしょ？」

痛いところをついてくれるな。

里子が部屋から出ていった後も、藍はしばらく名刺を机の上に置いたままにしていた。

何事もなかったようにパソコンに向き合って毛と髪のサイトを消し、週明けに提出するレポートを書き、それから自分のもこもこな髪を一なでしてから、神妙な顔で名刺の番号に予約の電話をかけたのだった。


件《くだん》のヘアサロン『AQUA』は、新宿駅東口から徒歩五分、大通りから一歩裏に入った雑居ビルの三階にあった。

大学の講義終了後、とりあえず電車に乗ってビルの前までやってきた。

（ここ……？）

スマホに登録した名刺の住所と、現物を見比べる。

見たところ一階は居酒屋で、二階以上は脇の細い階段を上っていくらしい。お洒落《しゃれ》な隠れ家カフェなどもそうだが、こういう形式は本当に目的の店が上にあるのかわからなくてまず敬遠してしまう。ふだんの藍なら避けて通る立地だが、すでに予約を入れてしまったので、行かないわけにはいかなかった。

しばらくビルの前でもじもじしていたが、勇気を出して年季の入った階段を上っていくと、二階は何をやっているかもわからない謎の事務所で、三階まで行くと急に照明が明るくなって観葉植物が増えたからほっとした。

ガラス戸に『AQUA』と店名が書いてあり、その向こうに若い女性スタッフが立つ受付カウンターがあった。

良かった、合っていた。ちゃんと営業中だ。

「すみません、予約した三隅です……」

「あっ、三隅様ですね！　お待ちしておりました！」

新卒風の感じからして、アシスタントの人だろうか。編み込んだまとめ髪でおでこを全開にして、笑顔がキュートで感じが良さそうな人だと思った。

奥で髪を切っている人たちも、皆お洒落で有能そうだ。

「お荷物お預かりします」

横から別の男性スタッフに言われて、藍は勉強道具の詰まった重い鞄《かばん》を手渡した。

一緒にかぶっていた帽子も取ると、向こうの視線が一瞬そちらに集中した気がした。

ああ――やっぱり変なのだ。今さらながら、消えてしまいたくなる。

空いた席に通されると、あらためて先ほどの女性スタッフが横に立った。

「本日担当させていただく、吉田です。どうぞよろしくお願いいたします」

「あ……こちらこそ……」

この人がそうなのか。

てっきり、見習いのアシスタントと思ったのに。まだ二十二、三歳ぐらいだろう。

里子の言う腕利きスタイリストなら、もう少し外見も年も含めて貫禄《かんろく》があるタイプと勝手に思って指名したのだ。想像していたよりずっと若い。

「鴨井心晴からのご紹介ですよね。髪がまとまらなくてお悩みだとか」

――ん？

藍は、もう少しで後ろを振り返りそうになった。

鏡に映る吉田は、にこにこしながら手際よくケープなどの準備をしている。

しばらく考え、藍はようやく腑《ふ》に落ちた。

里子がこんな都心の美容師を知っているなど、おかしいと思っていたのだ。実は心晴経由だったのか。

となると、二人はすでに知り合いの上、心晴は藍の髪が制御不能の状態に陥っていることも知っているわけで、藍は里子の口の軽さに泣きたくなった。あの母のことだから、色々と盛って面白おかしく語って聞かせたに違いない。

おまけにこの吉田さん、あらためて見なくても、大変お洒落で可愛らしい人なのである。

(もしかして……心晴さんの元カノとか?)

想像すると落ち着かない。いったいどんな関係なのだろう。

「どのあたりが気になりますか?」

まずは心晴との出会いと、なれそめなど。

とっさに出てきたのは吉田にまつわることばかりで、努力して軌道修正した。

「なんと申しますか、ほぼ全部……」

「オールですか」

「……思った以上に爆発しちゃって……ここから矯正とか、ストパーをかけ直すことって
……」

「んー、それは傷むからお勧めできないですね。やめた方がいいです」

ばっさりNGを出され、藍は少々傷ついた。

「じゃあ、伸びるまで待つしかないですか……」

「いえ、そんな我慢する必要ないです。これぐらいでしたら、かけ直さなくてもいくらでも雰囲気変えられますから。行けます行けます」

「ほ、本当ですか？」

　吉田は赤いリップの唇をほころばせた。

「大丈夫。私こういうの大得意なんです。お任せください」

　店内は落ち着いたヒーリング系の曲が、ずっとかかり続けている。

　吉田はしゃきしゃきと、軽快に藍の髪にハサミを入れ続けた。

「三隅さん、大学生なんですよね。ひょっとして鴨井の教え子さんだったりします？」

「いえ、そういうわけじゃないんです。学校はぜんぜん別で」

「あ、良かった。職場でどうこうするのだけはやめろって言ってたんですよ」

　いったい何が良かったのだろう。

「学校じゃないとなると……まさかナンパってことはないですよね。アプリやSNSって雰囲気でもないし。ごめんなさい、ちょっと接点が思い浮かばなくて」

「動物病院で、よく話すようになったんです。それでお友達になっていただいたというか……」

「ペット関係！　なるほどなるほど納得です。可愛いですよねー、猫ちゃん。私も昔飼ってたんですよ。どんな柄の子ですか？　三毛？　トラ猫？　サビも味ありますよね」

「すみません、猫は飼っていなくて……」

「あうち、私ったら！」

吉田が作業しながら、自分のおでこをはたく真似《まね》をした。今にもぺしっといい音がしそうだった。

「申し訳ないです、早とちりで。ウサギやフェレットだって、立派なペットですものね。それともインコやハムスターですか？」

「犬、なんですけど……」

なぜここまで頑《かたく》なに、犬が出てこないのだろうと思った。猫と対をなす、メジャーなペットだと思うのだが。

「わ、わんちゃん？」

「はい。ダックスフントです。チョコレート色の」

吉田はもともと大きな両目をさらに見開いていて、かなり驚いているようだった。

「しかもダックス……うわー、こりゃあの人、本気だわ……」

彼女もまた、ずいぶんと心晴のことを気にするというか、彼の内面を理解しているようなロぶりである。

「吉田さんは……鴨井さんの髪を切ったりとかは？　されたことはありますか？」

「ああ、それはありますよ何回か」

吉田は屈託なく即答し、藍は自分で質問をしておきながら、カウンターパンチをくらった気分になった。

「というかほぼ練習台でしたね」

「それは、カットモデルのような……？」

「そんな高尚なやつじゃなくて。家の風呂場でジャキジャキやるんです。お代はコンビニのアイスとかご飯で」

なんだろう。正式な店で切ってもらうより、よっぽど親密な関係な気がする。今の吉田と心晴で想像したら、泣きたくなった。

「……いいですね、すごく楽しそう……」

「まあ一緒に暮らしてた時だけですよ。離れてたら面倒で」

しかも同棲《どうせい》まで！

心晴の誠実なキャラクターからは縁遠い単語だと思っていたが、藍が甘かったようだ。

「いくら身内のよしみでもね。甘えって出てきますし。お互いに」

「……え、身内？」

藍がとっさに声に出すと、吉田の手も止まった。

「……あれ、もしかして聞いてないんですか？」

「何をですか」

「鴨井心晴って、私の兄なんですけど」

——初耳だった。

こうしてじっくり見ても、あまり似ていない兄妹《きょうだい》だ。心晴がさっぱりした醤油顔《しょうゆがお》なら、こちらは目鼻立ちがかなりはっきりしている。おでこを出した額の形ぐらいだろうか、共通点は。

三人兄妹だという話だけは、以前ちらっと耳に挟んだことがある。しかしまさか吉田がそうだとは。

「でも、あの、名字が違いますよね。確か吉田燿里《かがり》って……」

「はい。結婚してるんですよ。三ヶ月前に籍入れて」

美容師という職業柄、職場で指輪ができないのが残念だと彼女は言った。

六月には挙式も予定しているらしい。

「それは、大変おめでとうございます……」

兄妹。恋人ではない。ひどく気が抜けてしまった。すわ元カノかと思ったのに。

藍の祝福の言葉に、吉田は照れたように微笑《ほほえ》んだ。

「どうもありがとうございます。なんか本当にすみませんね。そんなよくわからない人間にあれこれ聞かれて、意味わからないし不躾《ぶしつけ》でしたよね」

「いえ、こちらも思い込みがあったと言いますか……」

「私のことはいったん横に置いておいて、髪の感じはいかがですか？」

吉田に聞かれ、藍ははっとした。

つい心晴との関係に気を取られてしまっていたが、鏡の中ではすごい変化が起きていた。

「これ……本当にパーマかけ直していないんですよね」

「ないですないです。カットとブローだけで落ち着かせました。全体のシルエット変えると、けっこう印象変わりますよね」

硬いコイルのように巻いて爆発していた髪が、ずいぶんボリュームダウンして『ゆるふわ』の域に落ち着いているように見える。

以前はおかっぱのボブをそのまま膨らませたようなヘアスタイルだったが、今はトップに反して襟足のあたりをすっきりさせたショートボブまで短くしてあった。

可愛《かわい》さの中に、大人っぽさもあり。当初の理想にかなり近い。

「そうです。こんな感じがよかったんです……」

「よかったー！　毎日のドライヤーだけがんばって貰《もら》えますか、やり方教えますんで。あとはうちでお勧めのスタイリング剤つけて」

それぐらいは是非もない。よろしく頼むとこちらから言いたかった。

その場で日々の手入れや朝のセットの仕方を丁寧に教えてもらい、本日のカット終了となった。

「ありがとうございます、吉田さん。もう二度と外に出られないって思っていたぐらいで」

「お洒落《しゃれ》しようと思ったら、失敗の一つや二つ誰にでもありますよ。もしやばかったら、私に連絡ください。なんとかしますんで」

会計の席での吉田の発言は、実に頼もしいものだった。藍はその場で、次の予約も入れた。

「うちの兄も三隅さんぐらいの年の頃かな。張り切ってサロン行って、頭キノコにして帰ってきたことあって」

「嘘《うそ》」

「本当です。完璧にキノコ。もう見てられなくて、私が風呂場で切ってあげたんです。なんかそれで味しめちゃったんですよね、今思えば——」

心晴には申し訳ないと思いつつ、めったに聞けない極秘情報を、興味深く聞いてしまった。

いつも飄々《ひょうひょう》としている彼でも、うっかりはあるし、ポカだって通過してきたのだ。そう思うと、なんだか勇気が貰えそうだった。

「心晴さんでも、そういう失敗あるんですね」

「でもっていうか、基本ポンコツですよあの人。お人好《ひとよ》しだし見栄張《みえは》りだし」

身内らしい口の悪さで、吉田は笑った。

「それでもがんばって良く見せようとしてるんでしょうね。特に三隅さんみたいな人の前では――はいこれ、シャンプーとスタイリング剤」

意味ありげな目で、吉田はショップの紙袋を差し出した。

そのまま彼女に見送られ、出口へ向かう。

「では一ヶ月後に」

「はい、ありがとうございます」

ビルを出た後の足取りは、たぶん今までで一番軽かった。

『お勧めのサロンに行ってきました。

吉田さん本当に上手な方で、私の髪も綺麗《きれい》にまとめてくださいました。ありがとうございます！』

電車に乗りながら、心晴にお礼のＬＩＮＥを出した。

既読のマークと返事は、夜になってきた。

『おせっかいかと思ったけど、うまくいってよかったよ』

とんでもない。

返信を打ち込みながら、藍はつくづく思う。本当に、心晴には感謝したかった。里子経由で失敗を知られてしまったのは少々恥ずかしいが、あのまま爆発させておくよりはずっとましだろう。

何よりまた心晴に会える。

『次のお休みは、母任せにしないで川口西公園まで行くつもりです』

『そうだね。可愛くなったのなら、早く見てみたいな』

（う）

思わずLINEを打つ手が止まる。

――どこがポンコツだ。この人実は、思っているよりずっと女ったらしなのでは!?

本当に心臓に悪い。

藍はベッドの上に固まって、文面の意味を必死に考えるのだった。

【三隅フンフンの場合】

「……では、参ります」

フンフンのご主人は、最近朝の毛繕いのやり方を変えた。まずは朝起きたら、自分の髪にスプレーボトルの水を、よく吹きつけるところからスタートする。

充分に湿ったところで、毛先を優しくねじって、持ち上げた先にドライヤーをあてていく。

「よっこい、しょっと」

ぶおー。

風量が自慢のドライヤーがうなりをあげる。

フンフンはこの音も風もあまり好きではないが、洗面台の藍は毎日真剣だ。彼女が師と仰ぐ吉田燿里大明神の、鉄の教えらしい。ボンバーするのが怖くても、ここで一回しっかりパーマを出すのが肝要なのだそうだ。

終われば仕上げはスタイリング剤なるものを馴染《なじ》ませ、両手でもしゃもしゃと崩していく。

「……ん。こんな感じかな」

ふんわり、ゆるふわキープ。初めから緩《ゆる》さ軽さを目指すのではなく、いったん綺麗に整えたものを任意で崩す。ややこしいが、ここまでが朝の一工程だった。

「よし。それじゃ行こうか、フンフン」

――やっとか、待ちくたびれたよ。

足下で出待ちだったフンフンは、支度を終えた藍に、散歩用のリードを取り付けてもらった。

最近の藍は、爆発した毛皮を気にして、家の周りの散歩にしか付き合ってくれなかった。週末の公園散歩も里子の役目だったが、今日は二週間ぶりに藍がリードを握って、川口西公園に足をのばす話になっていた。

「どこも緑がきらきらしてるね……ツツジも咲いてる」

公園に続く歩道を歩きながら、藍が驚きの声をあげている。

そうだよ、君が髪の仕組みを調べているうちに、世間はこんな感じに進んでいたんだよ。

それどころじゃなくて、目に入らなかったかもしれないけどさ。

「そっか。もうゴールデンウィークだものね」

しみじみ呟《つぶや》く藍の足取りは、短くなった髪と同じぐらいに軽やかだ。

朝の涼しい空気の中を、犬と飼い主でゆっくり呼吸を合わせて歩く気持ちよさも、思い出してもらえると嬉《うれ》しい。

目的の公園に到着し、芝生の周りを一回りしたところで、見知った人間の男が入り口で自転車を止め、ハンドルを押して中に入ってくるのが見えた。

（ほら藍ちゃん。アイツだよ）

お待ちかねの鴨井心晴だ。

藍はわかりやすいぐらいに心拍数を上げ、少々わざとらしい仕草で帽子を取ると、笑顔で手を振った。

しかし――奴はそのまま目の前を素通りしていってしまった。

（嘘。ス、スルー？）

完全無視とは何事だ。

可哀想《かわいそう》に藍は呆然《ぼうぜん》としていて、フンフンは許せないと思った。ぐんと力いっぱいリードを引っ張り、遠ざかる心晴の背中に向かって、ワンワンと飛びかからんばかりの勢いで吠《ほ》え立《た》てる。

「え。あ、藍ちゃん!?」

心晴が慌てて振り返った。

「ごめん。本気で藍ちゃんだとは思わなくて」

「わう！」

遅いよもう。こんなに可愛い子が目に入らないの!?

心晴が近づこうとしても、フンフンの怒りはおさまらなかった。

「いやほんと、びっくりした。おはよう」

「おはようございます……」

「髪ね。うん、似合ってるよすごく。可愛いよ」

「わう！」

「フンフン、ちょっと静かにして。お座り」

「わう！」

フンフンがリードを引っ張り吠え続けるので、犬に苦手意識がある心晴と藍の距離は、この状況でも三メートルはあって縮まらない。立ち話をするには微妙な距離だが、二人はそのまま続けた。

「あの、心晴さん。この前は当日にキャンセルをしてしまって、本当にすみませんでした」

「いいよ別に。気にしないで」

「気にします、とても後悔しているので。またご一緒できないでしょうか」

「動物園に？」

「はい。心晴さんと行きたいんです」

フンフンはようやく、吠えるのをやめた。

藍はリードを握りしめたまま、緊張に頬を紅潮させて心晴を見ている。

心晴もまた、振り返った瞬間から藍に釘付けだ。

まったくもう――世話が焼けるったらないよ。ニンゲンっていうのはさ。

【鴨井心晴の場合】

深夜十二時近く。自室のテーブルに置いていたスマホが震え、妹の燿里から電話がかかってきた。

『やっほうお兄ー、今いい？』

「もうちょっとましな時間にかけろよ」

『ごめん無理。今帰ったとこだから』

燿里の仕事は上がりが遅く、さらに研修や自主練もあるので、かかってくるのは大抵深夜だった。教員に言われたくないかもしれないが、美容師もブラックすぎて心配になる業界だ。

心晴は風呂から出たところで、首にタオルをかけたままベッドに腰を下ろした。

「で、なんの用だよ」

『そろそろ見てくれたかなーと思って。私の優秀な仕事ぶり』

「仕事ぶり？」

『三隅様。どうだった？』

心晴は、まともに言葉に詰まってしまった。

どうだったか、と問われたなら。

「………感謝する」

『あはははは。そうでしょそうでしょ』

「おまえほんと腕はいいよな。腕だけは」

早々に見習いからスタイリストに昇格して、客を取りまくっているだけあった。

特によそで匙《さじ》を投げられた客の髪を生まれ変わらせるのが得意ときて、口コミでマニアな指名を増やしているらしい。藍を紹介したのは、そのためだった。

『いいんじゃないの、いい子そうで。お兄ってば年上専門かと思ってたけど、ああいう子ともつきあうってことは、けっこう幅広かったんだね』

「おまえ、客のことをそういう目でジャッジするのかよ」

『今回だけだよ。ふだんはやらない』

「だいたいそんなんじゃないから。単に困ってるみたいだから、紹介しただけだっつの」

『えー。じゃ、まだなんもなし？　私相当ブーストかけちゃったけど大丈夫？』

「なんとかするから。放《ほ》っといてくれ」

――今日の藍を見て、あらためて思ったのだ。

燿里がかけたブースト――いったいどこを悩んでいたかわからないほど自然体で、一回り大人びた姿は燿里の腕によるところが大きいのだろう。

これまで藍のことを優等生すぎて近寄りがたいと思っていたであろう同世代からのアプ

ローチも増え、競争率は相当上がるに違いない。正直余計な真似《まね》をしてくれたなと思うが、藍の気持ちを考えれば燿里はいい仕事をしてくれたのだ。本当に。

相応に危機感はあるが、幸い藍自身はまだ他に目を向けていないようだ。お流れになった動物園にも、一緒に行きたいと言っていた。対応を間違えなければ、気持ちは通じると思いたい。

（しかしほんとに可愛《かわい》かったなあれは。何事だと思ったぞ）

最初に自転車ごと通り過ぎてしまったのは、急に垢抜《あかぬ》けすぎてまさか彼女だとは思わなかったからだ。

『あとねー、お兄。私の結婚式の件なんだけど』

「六月の奴か？」

『そうそれ。那覇までの航空券とホテル、父さんたちのもまとめておさえたから。後で送るね』

「了解。とにかく行きゃいいんだろ」

『やる気ないわねー』

「あると思うのか？　妹の結婚式だぞ」

もともと大歓迎もしていないのである。

このマイペースな真ん中っ子は、なんと最近結婚した。相手はアプリで知り合ったサラリーマンで、交際一年そこらでゴールインだ。しかも挙式場所は沖縄のリゾート地で、祝日がない六月に有給まで取れと言う。

妹に先を越された兄に、燿里はがんばれと発破をかけてくれたところだが、おかげで直近の予定が詰まってデートどころではなくなってしまった点でも小憎たらしい。

「前泊に後泊ありの二泊三日じゃ、プー子の預け先も探さなきゃいけないしな」

『プー子？　ああ、お兄がキャロルの後に飼ったっていう猫か』

「そう。まだペットホテルとか泊まったことないんだよ、あいつ」

ちらりと視界の端で、いるはずのプー子を探す。

彼女は床に置いたクッションの上で、ピンク色の腹を見せ、静かな寝息をたてていた。

先日ようやくエリザベスカラーが外れたところで、抜糸も済んで傷口は塞がったが、毛が生えそろうのはまだ先のようだ。

幼少期を校長室で過ごしただけあり、今のところ人見知りらしいところもなく、家では屈託なく無防備に暮らしている。しかし、避妊手術で入院した時は、一口も餌を食べなかったらしい。心晴が思っていたよりも、繊細な猫なのかもしれなかった。

『あのさ、お兄。私の式までには、陽咲《ひさき》のことちゃんとしなよ』

スピーカーから聞こえてきたのは、今までより格段に真面目な声だった。

陽咲。八王子の実家にいる、下の妹の名だ。

「……ちゃんとってなんだよ。俺が悪いって言うのか？」

『ちゃんとはちゃんとだよ。だってあの子まだすごく怒ってるし、納得してない。お兄が来るなら、私の式は出ないとか言いだしてるの。あの子そういうの本気でやるタイプだって、知ってるよね？　だから――』

燿里は言葉を濁したが、言いたいことは充分に伝わった。しかし彼女の希望に応えられるとは、口が裂けても言えなかった。心晴もまた、その件については触れられたくないほど深く傷ついていたからだ。

みっつめのお話　昔、うちにいた白い猫

【蔵前汰久《くらまえたく》の場合】

蔵前汰久、中学二年。

色々難しいお年頃だと言われている。

確かに色々解せないことが多い。

「蔵前せーんぱい！」

たとえばこれ。

昇降口の手前でいきなり呼び止められて、こちらが振り返ると、知らない女子生徒が手紙をつきつけてくることとか。

「どーかこれ、読んでください！」

「読んでって……」

「読んでください！」

受け取るまでは、てこでも動かないつもりらしい。

封筒は、何か薄ぼんやりした紫色だった。ラベンダーカラーというのだろうか。女子がペンケースやポーチによく使っている色だ。

その子は上履きの新品具合からして、同じ学校の下級生だった。四月に入学したばかりで全体に余裕のある紺ブレザーにチェックのスカートをはいて、手紙を賞状のように掲げ持ちながら、ずっとこちらの反応を待ち続けている。

仕方ないので渋々手に取ると、「きゃー、やっちゃったやっちゃった！」という複数の歓声が、さらに後ろでわきあがった。

「がんばったユイ！」

「勇気出したよえらい！」

どうやら下駄《げた》箱の陰に隠れて、女子の友人たちが見守っていたようだ。

頬を紅潮させた手紙の彼女は、くるりときびすを返し、離れて見守っていた野次馬女子と一緒に、徒党を組んで走り去っていく。こちらのことなどおかまいなしだ。

半ば押しつけられた形の手紙を見つめ、途方に暮れた気持ちになった。

「なんなんだいったい……」

ふと顔を上げれば、反対側の下駄箱の脇から、汰久の友人が顔を出してにやにや笑っていた。

「見ーたーぞー」

下校時刻の音楽を聞きながら、くだんの友人、日暮裕次《ひぐらしゆうじ》と一緒に校門を出る。

放課後は道草せずに帰りなさいと言われるが、買い食いもせずにだらだら歩くぐらいは許されるだろうと思っていた。

汰久たちが生まれた時から暮らしている、ごちゃごちゃとした川沿いの商工業地帯だ。土手沿いを寄り道するのも、ダンプの横を避けて歩くのも慣れていた。

「なんかおまえのこと知らないと、めちゃくちゃかっこいいイケメンに見えるみたいだな。特に下級生」

「すげーうぜーんですけど」

汰久の鞄《かばん》には、さきほど貰《もら》った手紙が入っている。宛名は『蔵前汰久さま』、文末にハートマーク付きだ。実を言うと、この手のアプローチを受けるのは初めてではない。

周囲の女子の反応が変わり始めたのは、たぶん汰久の背が目に見えて伸びだしてからだ。

背の順が一番後ろから動かなくなり、子供料金で電車に乗ろうとするたび、駅員に呼び止められるようになった小六あたり。

「本人はバカまっしぐらなのになー。林間学校のへそ踊り見せてやりてえ」

「日暮に言われたかないわ」

一緒にそのへそ踊りをした仲のくせに。

こちらは特に何も変わっていないと思っているのに、女子の方が遠巻きに汰久を見ては内緒話をし、さきほどのように一方的に手紙を押しつけてきたりする。汰久はうっとうしさのあまり、前髪を切るのをやめた。心晴《こはる》には中二病だと言われた。

実際中二なんだからしょうがないだろうと思う。ただその年代でいること、それ自体が一種の病だというのだろうか。

(人のこと言ってる場合か、コハルのやつ)

決めるならさっさとしろと思う。三人でオオカミ見ないかなど、呑気《のんき》に声をかけてくる奴があるか。

「バスケやバレーの勧誘の方がまだましだよ。言ってることはわかるし」

「部活と一緒にするなよな……」

「いやほんと意味わかんねーんだって。おまえこのポエムとか解読できる?」

「やめろよ見せるな」

たった今貰った手紙を、友人の日暮にも確認させようとしたら嫌がられた。

「ほら。やっぱおまえだって嫌なんじゃねーの」

「……わかった。ようはお子様なんだな、汰久は」

「は？　なんだよそれ」

「好きって言ってくるって、幸せじゃん？　それが沢山いるなら、超ハッピー。その中でいっちゃん可愛い子とつきあえばいいだけだろ。何が不満なのよ」

「何が不満って……」

日暮の追及に、汰久は言いよどんだ。

一応汰久にも中二男子相応の、異性への興味はあるのだ。しかし、校内で手紙をくれるようなタイプが苦手なだけだ。この感覚をどう伝えればいいのか。

「なんかなー、こう、キンキンしてるわりに全体がべたっとしてるというか……」

「抽象的だな」

うまく言葉にできないが、ちゃんと自分のことを知っているなら、渡す手紙に『蔵前先輩の大人っぽくてクールなところが好きです』なんて書いてこないと思うのだ。あんたオレの何を知ってるのと、一回真面目に聞いてみたい気がするというか。

見た目の先入観で判断されるのは、蔵前汰久が最も憎むところで、必然的にカイザーを飼いだした頃を思い出すのだ。

＊

小学校の地域学習で先生が言っていたが、川口《かわぐち》は鋳物と植木の街として発展してきたらしい。

しかし汰久が物心ついた時には、鋳物どころかあらゆる製造業の工場が縮小または撤退を続けていて、跡地には巨大なタワーマンションが建ち、小学校のクラス数が増え続けていた。

汰久の家はそんな環境でも珍しく、昔ながらの町工場を経営している。

初代社長の祖父はまだまだ現場に立ちたがり、現社長の父は経理の母とともに経営に忙しい。心配された父の跡も、一番上の兄が継ぐ気でいるらしいので、年の離れた末っ子の汰久は全体に甘やかされて育った。

『汰久はいいのよ。好きにしなさい』

『汰久ちゃんが楽しいと、俺たちも嬉《うれ》しいよ』

そんなことを、家族からも従業員からも耳にタコができるほど言われるのである。良くも悪くも自由で、あまり期待はされていなかった。

かまってやれないことを不憫《ふびん》に思ったのか、汰久が小三の時に子犬がやってきた。

祖父が知り合いのブリーダー一家から譲り受けてきたというその犬は、生後三ヶ月のくせに、すでに隣の柴犬《しばいぬ》なみに巨大だった。黒、白、茶、三色にわかれたぶっとい手足でフローリングに踏ん張って、汰久を見上げてぶんぶん尻尾を振っていた。

「バーニーズ・マウンテンドッグだ。もっと大きくなるぞ！」

祖父は車も豚カツも、大きいものが好きなのだ。

名付けの権利は、汰久にあった。響き優先でカイザーと名付けた。実はメスだというのも、あまり気にしていなかった。

汰久はカイザーという弟分（？）ができ、そのリーダー兼お世話係として過ごすようになった。

生まれた時からあった馴染《なじ》みのある風景——何かの工場だったり商店だったりする——が取り壊されて更地になる時も、そこで新しくボーリング調査が始まる時も、だいたいカイザーと一緒に見ていることが多かった。

「何ができるんだろうな……」

絶えずどこかで響く、再開発の音。街の細胞が変動する音だ。汰久は隣で立ち止まっていたカイザーに『ススメ』の指示を出し、目隠しをされた工事現場の前を歩き出すのが常だった。

周囲は急速に変化していて、藍《あい》の三隅《みすみ》家も、その流れに乗って転入してきた家の一つだった。

ちなみにカイザーを飼って難儀するのは、カイザー自身よりも周りの人間の反応だと思う。

飼い始めて一年もし、祖父や兄たちの手も離れて一人で散歩させられるようになると、カイザーはその大きさゆえ、よく通りすがりの人に指をさされた。

「うわ、見て。でけー犬」

「こわ。嚙《か》んだりしないかな」

「いやー、嚙むだろ。舌出してよだれダラダラだし。獰猛《どうもう》そう」

こういう時、汰久はカイザーの目も耳もふさいでやりたくなる。

(何が『嚙みそう』だ。こいつ、めちゃくちゃ優しいやつなんだぞ)

いいかよく聞けと汰久は言いたい。うちのカイザー号はおもちゃと家のスニーカー以外噛んだことはないし、スニーカーだってやめろと言えばすぐにやめる、非常に賢くて温厚な犬なのだ。ゲームやお菓子がやめられない小学生の汰久よりよっぽどできた犬なのに、決めつけてひどい話だった。

——くそ、見てろよ。

汰久は大人たちに抗議するより、行動に出ることにしていた。

「カイザー、シットダウン！」

こちらの短い号令一つで、カイザーは即座に腰を下ろす。

子犬の時からドッグトレーナーの先生について、大型犬としての躾《しつけ》だけは徹底していた。そうしないと、汰久たちと共に人間社会では暮らしていけないと言われていたからだ。

心配せずともカイザーはコマンドの通りがいいタイプだったらしく、ダメも待てもすぐに覚えた。死んだふりもお手のものだ。リードに繋《つな》いだままできる技を一通り披露すると、周囲から自然と拍手がわいた。

「すごーい」

「頭いいのな……」

ざまあみろだった。

さきほどまでカイザーを怖がっていた人間も、手の平を返してすっかり度肝を抜かしている。

トレーナーの先生がいないところでも、オリジナルの技の開発を続けているのは、それが面白いというのもあるが、こうやって周囲の人間の理解を得やすいという側面も大きかった。

「よし。行くぞカイザー！」

自信満々で歩き出すと、またこちらを見ている人間に出会った。

おかっぱ頭の女子だった。色が白く、ひょろっとして痩せていた。近所の中学の制服を着ているので、中学生なのは確かだろう。カイザーが怖くて進めないのか、鞄とサブバッグを持ったまま歩道に棒立ちしている。

汰久はひどく面倒くさくなってしまった。また一から芸を見せて、この気が弱そうな年上の中学生を安心させてやらないといけないのだろうか。

「なんだよもう。別にこいつ、噛んだりしないよ。じろじろ見るなよ」

半ば八つ当たりで文句を言ったら、中学生はカッと顔を赤くした。

「ごっ、ごめんなさい！　ついみとれちゃって」

みとれる？

「私、本物のバーニーズ見るの初めてで。あんまり綺麗《きれい》な子だったから……失礼だったね。本当にごめんなさい」

一生懸命謝る姿は、よくある侮りやごまかしからはほど遠いものだった。カイザーの犬種を知っているのもポイントが高かった。

「……なでてみる？」

ひかえめながら、中学生の顔がぱっと輝いた。

「い、いいの？」

これはかなり本物の犬オタクと見た。

「いいけど別に」

彼女は三隅藍と名乗った。つい最近、ここ川口に越してきたらしい。

「ずっと転校ばっかりしててね、こっちに来て、やっと犬を飼っていいって言われたの。今度みんなで買いにいくんだ」

「よかったじゃん」

「ほんとに！」

公園のベンチに座って、カイザーのたっぷりとした毛皮を撫《な》でさせながら、そういう話をした。藍は犬が飼えることが嬉しいのか、カイザーのもふもふが嬉しいのか、喋《しゃべ》りながらずっと幸せそうな顔をしていた。

家は工場跡地のタワマンではなく、以前は地主のお屋敷《やしき》が建っていたところだった。売りに出されて、新しい一戸建てが何軒もできたそうな。本当にここ最近の、街の入れ替わりは激しいと実感する。

「オレん家《ち》、じいちゃんの代から金属加工の工場やってるから。もう何十年もここにいる」

「じゃあ先輩だね」

「ん。まあそういうことだよ。なんかあったらオレに言えよ」

「わかった。どうもありがとう」

偉そうなことを言う汰久を馬鹿にすることもせず、その時はそこで別れた。

それからしばらくして、汰久はその中学生と再会した。

場所は早朝の川口西公園だった。犬の散歩をさせる人が大勢行き交う中、彼女は念願の飼い犬らしきものを連れていた。

「……それ？　アイの犬」

「そうなの。名前はフンフン。よろしくね」

リードの先で落ち着きなく飛び跳ねているのは、ミニチュア・ダックスフントの子犬である。

汰久はあまりのチンチクリンぶりに、腹を抱えて笑ってしまった。

「ちっちぇー！　足みじけえーっ！」

「いいでしょ。可愛《かわい》いから」

「アイにそっくりだ」

「それどういう意味？」

真《ま》っ直《す》ぐなおかっぱ頭に縁取られた頬が、拗《す》ねたように膨らんだ。

その間も子犬は落ち着きなく跳ね続け、リードが絡まったあげくにきゃんと鳴いた。

当時汰久は小学四年生で、藍は中学三年生だった。年の差は五歳。しかし街の地理には汰久の方が明るかったし、犬飼いとしても先輩だった。汰久が教えてあげることの方がずっと多かったと思う。

穏やかで気性の優しいカイザーが、優雅に道を歩くその足下を、胴長短足のフンフンがちょこちょことついていくのが定番で。二匹はサイズに差がありながらも仲良くなったし、藍と汰久は無二の犬友と呼べる仲になった。

それでも知っていた建物は取り壊されて別のものに生まれ変わるし、街の新陳代謝は止まらない。

数年で汰久は藍の身長を遙《はる》かに越すまで背が伸び、藍は汰久の知らない男と知り合って恋をした。これもまた、必然なのかはわからない。

＊

――そう。勝手に何かが何かに変わり、それに対してもやもやするのは、今に始まったことではない。

汰久は友人の目を見て言った。

「ようはあれだ。オレは学校の女子より、日暮と遊んでる方が楽しいんだわ。それは確か」

「悪い。こっちがぞわってきた」

「ひでー」

ふざけて肩を叩《たた》き合いながら、目の前の横断歩道を渡る。

ふと日暮が、往来に目をとめた。

「どうした？」

「見ろ。美人のお姉様発見」

友人は汰久と違い、日々女子の研究と発掘に余念がなかった。もちろん汰久も見た。

「お姉様って……アイじゃんか」

「──あ、汰久ちゃん」

向こうもこちらに気づいたようで、にこにこしながら近寄ってきた。

「学校の帰り？」

「そうだけど。アイも授業終わったのか？」

「うん。今日は講義少ない日だったから。早めに帰れたの」

犬の散歩の時のラフな格好と違い、大学に行く時の藍は女子っぽいと思う。

低めながらヒールがついた靴に、綺麗な色のスカート。さっき後輩に押しつけられた手紙と同じ、ラベンダー色だと気がついた。細い首にネックレスをつけている時もある。今はふわふわの短い髪から、シャンプーかトリートメントの甘い匂いがした。

藍は汰久が友人といるのを察してか、早めに立ち話を切り上げて角を曲がっていった。

汰久は肩にスクールバッグを引っ掛け、制服のポケットに手を入れた格好のまま、そんな彼女が立ち去るのを見送った。

どんと背中を友人にたたかれた。

「おいおい。誰よあの綺麗なお姉さん！」

日暮は興奮気味だった。

「ごめんな汰久ー。おまえのことお子様とか言って。ああいう人がいるなら、クラスの女子なんてガキっぽくて目がいかねえよな」

「いや違うって。そういうんじゃない」

汰久は存外真面目に否定した。実際そういうのではないからだ。

藍がお洒落《しゃれ》に気を遣うようになったのなんてつい最近で、その前は真面目キャラそのもののおかっぱ頭に、変なTシャツを着て犬を散歩させていた。

汰久にとって馴染《なじ》みがあるのはそちらの藍であって、あのキラキラした姿は他に好きな相手ができたからだ。

「アイはなー、オレの犬友だから」

これをつぶやく時、最近は心の底が少しざわつく。いつも目の前を通っていた空き地に、マンション建設予定地の看板が立つのを見た時に似ているかもしれない。

変わっていく街。人も同じだ。子供の汰久にはどうしようもない。この気持ちを寂しさと言うなら、自分は思い出と同じぐらい彼女のことが好きなのだろうとは思う。たとえ周りが言うような、ラブレターの恋とは違うにしても。

「犬友」

　今度もカイザーを散歩させながら見守るのだろう。きっといい建物が建つに違いない。その建物もいつか見慣れて、愛着のある街の一部分になる。

（まさか途中でこけるってことはない……よな？）

　そうだよな。藍も心晴も。

　よっぽどのことがないとと思いつつ、その『まさか』がありそうなのが怖かった。


【三隅藍の場合】


　髪を切ってから一ヶ月後の五月下旬、藍は再びヘアサロン『AQUA』を訪れた。

　予約で指名していた吉田《よしだ》は、笑顔で藍を迎えてくれた。

「いらっしゃいませ！　髪の具合はどうですか」

「おかげさまで……」

「ああ良かった。お手入れすっごくがんばってくれてるみたいですね。綺麗にセットできてるし」

「恐縮です」

褒められるのは悪い気はせず、つい口元が緩んでしまう。

吉田の手にかかった後は、頭痛がするほど髪を縛る必要もなく、今日も帽子なしで新宿の街を歩いてこれたのだ。奇跡のようだろう。

「この前切れなかったところも伸びてきたから、今日はもうちょっとバランス調整しましょうね」

「よろしくお願いいたします」

大船に乗った気持ちで、お任せした。

椅子に座って施術してもらっている間は、店で貸し出しているタブレットで雑誌を読みふけるのも楽しいものだ。

「三隅さん、和服とかお好きなんですか？」

「へ？ あ、はい」

切りながら吉田に声をかけられ、藍は慌てた。

いけないいけない。ついつい以前の美容室で読んでいた、『婦人画報』や『美しいキモノ』のような、マダム系雑誌の最新号をチェックしてしまっていた。吉田には渋すぎだと思われたかもしれない。

あちらの店ではゴシップ誌と生活雑誌を除けば、それぐらいしか読むものがなかったからなのだが、これはこれで写真が綺麗《きれい》で見応えはあるのだ。

「見るのは好きです」

「着るのもお似合いだと思いますけどね、三隅さん」

「ボブの時はこけしって、よく言われました」

「色白だからですよ。友禅とかすごい映えそう」

さすがは接客業、お世辞がうまい。

ちなみに今月の雑誌特集は、夏のお呼ばれ着物だった。

「吉田さんは、もうすぐ結婚式なんですよね。六月でしたっけ？」

「そうです、覚えていてくださったんですね。もう一ヶ月切りました」

「白無垢《しろむく》はお召しになるんですか？　それともウエディングドレスだけ？」

「本番はドレスだけの予定ですねえ。前撮りで打ちかけは着ましたけど」

色々あるようだ。

どちらにしろ、美人の吉田の花嫁衣装は、和でも洋でも華があるに違いない。

相づちを打つ延長線で、「楽しみですね」と言ったが、藍の髪にハサミを入れる吉田の表情は芳しくない。

「どうなんでしょうね。楽しいのかな」

「ど、どうしてですか？」

「家であれやりたいこれやりたいって、カタログやパンフ開いて考えてる時は、それなりに平和で楽しかったんですけどね。今はもう、この瞬間でも中止してやろうかって思うぐらいで」

「そんな……」

穏やかでない話だ。旦那様と意見が合わないのだろうか。

「何か問題が？」

「ガンコな奴らが、我《わ》が儘《まま》言ってるからですよ。うちの兄貴と妹が、正月からガチめの冷戦中で。今も片方が出るなら自分は出ないとか言い張ってるんです」

「た、大変ですね……」

「そうなんですよ。マジで頭痛いです。もう席も押さえちゃってるのに——あ、一度シャンプー台に移動していただいていいですか」

深刻な話の続きは、シャンプー台に仰向けになって、髪を洗われながら行われた。

「お兄さんって、あの鴨井《かもい》さんですよね。珍しいですね……」

藍にとっては、大型犬のドッグランに取り残されても怒らない、温厚で争い事を嫌う青年だ。あの心晴が、そこまで派手なケンカをすること自体が想像できなかった。

「確かに、普通の時はケンカするようなキャラじゃないんですけど。なんかどっちもキャロルのこととなると、理性がなくなっちゃって」

「え、キャロル？」

なぜそこでその名前が。

疑問に思った藍の反応を別の意味にとらえたのか、吉田はさらに詳しく説明をしてくれた。

「実家で飼ってた猫なんです。笑っちゃうでしょう猫でケンカなんて。もともと拾ってきたのはうちの兄で、その兄が実家を出て就職する時、自分のアパートに連れてっちゃったんです。まあそれはいいんですけど、キャロルは去年病気で亡くなったんですね。で、その時の状況が家族で集まった時にあらためて話題になって、妹の陽咲《ひさき》はカンカンに怒ったわけです。どうも兄の仕事が忙しくて、急変した時はアパートにキャロルだけ残してた状態だったらしいんですよ。妹にしてみれば、なんですぐ病院につれていかなかったんだって話で」

シャンプー台の上で、藍は息をのんだ。

違う。心晴はそんな薄情な人間じゃない。

ずっと親身になって動物病院に通っていたし、最期もできることなら立ち会って、沢山話しかけて、頭を撫《な》でてやりたかったはずだ。生き物を飼っていて、それを願わない人間なんていない。でも心晴の場合はできなかった。

それは藍がフンフンを逃がしてしまったからで。

あげくに心晴に助けを求めてしまったからだった。

――知らなかった。ご家族にそんな風に責められている状況だったなんて。

「お兄も一言謝ればいいのに、引っ込みがつかないんですかね――はい、お疲れ様です。お席に戻っていただけますか」

顔を覆うタオルが除かれ、リクライニングが垂直に戻っていく。

動揺しすぎて、その後吉田と続けた会話も上の空だった。

心晴と話をしなければ。それだけが頭の中を回り続けていた。

＊

『どこかでお会いできませんか。どうしても今日、お話ししたいことがあるんです』

藍が出した、半ば強引な誘いに、心晴は快く応じてくれた。

（きた）

平日で学校の仕事があるだろうに、勤務が終わった午後八時過ぎに、地元川口のファミレスに現れた。

「どうしたのいったい」

「すみません、お忙しいのに」

心晴はアイロンのきいたワイシャツに、かっちりしたジャケットとパンツ姿だった。シートに座る前に見えたのは、磨いた革靴。仕事終わりの心晴を見ることはあまりない。こんなことでもなければ、新鮮だと見入ることもあっただろうか。

「とりあえず何か食べるよね。というか俺が腹減ってるんだけど。肉、肉……肉」

この人も大人だから、今の今まで藍にはなんの素振りも見せずにいた。いつも優しくて穏やかで。こちらは知らずに無神経なことも、口にしていたかもしれない。自分が恥ずかしかった。

「肉っていえば、動物園でオオカミ見る話あったよね。あれさ、来週ならまだ梅雨入りしてないだろうし、土日のどっちかで時間空いてるなら——」

テーブルのメニューを見ながらとりとめもなく喋《しゃべ》っていた心晴が、ふと藍の眼差しに気づいたのか顔を上げた。急に不安そうな顔つきになった。

「あのさ。もしかして俺が気づいてないところで、藍ちゃんの気に障るようなことやらかした？　それで、この場で一言もの申したいとか」

「いえ、そうじゃないんです。ただ、聞いたんです吉田さんから。キャロルのこと」

藍は、自分の膝に置いた両手に力をこめた。

「心晴さんがキャロルの最期に、立ち会えなかったから。それでご実家の妹さんが怒ってるって。知りませんでした、私。心晴さん、好きでそんな真似《まね》したわけじゃないのに。全部、私のせいですよね。妹さんにお詫《わ》びができるならお詫びしたいです」

「やめて、藍ちゃん。そこで責任感じられても迷惑だよ」

一瞬出かけた涙は、心晴のその一言で引っ込んだ。

（迷惑――）

言いよどんでいると、彼はいつになく硬い表情のまま続けた。

「今の話、燿里《かがり》にしたの？」

「簡単にですけど……だってひどい誤解ですよね」

「そうか。じゃあ燿里の方に口止めしなきゃな。そもそも変な話を客にするなって話だが」

「どうして」

「藍ちゃん。俺はね、キャロルが死んだことに対して、誰かのせいなんて思ってないんだよ。本当に一かけらも」

心晴は言い切った。淡々としていながらも、心に決めたようなすごみがあって、藍はすぐには反論の言葉が浮かばなかった。

「あいつは寿命だった。それを含めてあいつの一生の責任は、全部俺が受ける。責める奴がいても俺が受けて立つ。そう決めたんだよ。そうすることで俺は楽になったし、君ともまた向き合えるようになった。こうやってね」

ファミレスのテーブル、一つぶんの距離だ。

そうだった——。

再び会って話ができるようになるまで、長い葛藤があったことを、忘れたわけではない。全部が全部許されるなど幻想だ。でも最近の距離の近さは、藍に淡い希望を抱かせた。そんな悲しい過去などなかったように、この人を好きになってもいいのではないかと。

(でもそれじゃ)

心晴は下の妹に誤解されたままだし、関係が冷え切って吉田の結婚式にも影響が出てしまっている。いいはずがない。

「ほら、とりあえず飯にしよう。本気で腹減っててさ」

心晴がことさら明るく笑った。

言われるままに運ばれてきた食事を口に運んだが、藍には味もよくわからなかった。


帰りは心晴の車で、家まで送ってもらうことになった。

店の駐車場に駐めたパッソの後部座席におさまると、心晴が運転する車が、夜のイルミネーションの中を走り出す。

「陽咲は――」

ハンドルを握りながら、心晴が喋りはじめた。

「うちの中では珍しく芸術家肌っていうのかな。ちょっと繊細で思い詰めやすいところがあるんだよ。自分が作った世界に入りこみやすい。別に悪いことばっかりじゃなくて、今は美大で絵の勉強しながら才能伸ばそうって話になってるんだ」

すでに在学中に、いくつか賞も取っているのだという。卒業後は海外に留学する話もあるというから、スケールが違った。

(自慢の妹さんなんだ)

上の妹である吉田に髪を切ってもらい、下もそういう才気溢《あふ》れる妹で。藍を安心させようと色々話してくれればくれるほど、彼の家族への想《おも》いが感じられて切なくなった。

「だからまあ、今回もあいつにとって気に食わないことがあったのは確かでも、燿里の式を引き合いに出すのは間違ってるだろ。向こうがいくらごねようが責めようが、俺が君の事情に触れるようなことは絶対にないから安心して」

車が藍の家の前までやってくる。

エンジンが止まると、藍は後部ドアを開けて、表に出た。心晴も運転していた席から、藍が立つ側に回り込んでくる。

「どうも、お世話になりました……」

「本当に、気にしないでいいから。藍ちゃんは笑っててくれた方がいいよ」

それじゃあと、心晴が一声かけて立ち去ろうとする気配がしたから、藍はとっさにその右手を両手でつかんでひきとめていた。

「藍ちゃ」

「無理です。笑えません」

ここで別れてしまったら駄目な気がした。この人は他人のために意地を張り、家族はばらばら。それは嫌だ。

「ちゃんと話し合ってください。心晴さんは人のせいにしないって決めたのかもしれませんけど、本当のことは教えてあげて。そうしないと、ご家族だってキャロルとちゃんとお別れできないです」

想像してほしい。立ち会うこともできず、いきなり亡くなったと聞かされた側のこと。

「大好きだったんですよね。ずっと一緒に過ごしてたんですよね。キャロルが亡くなっただけでもショックなのに、家族の心晴さんが別人みたいな行動を取って弁明も何もしなかったら……私だったら絶対に納得できない。何か事情があるんじゃないかって、ずっと引きずります」

「……わからないな。そんなことしたら、君だって悪者になる。そういうのは嫌なんだよ俺は」

「あったことをなかったことにされる方が、私は嫌です」

訴えているうちに視界がぼやけてきて、涙をぬぐいたいけれど、心晴から手を離すこともできなかった。藍は泣きながらうつむいた。

一度は完全に途絶えたと思った、この人との縁だ。見返りを求めず待ち続けた日もあった。振り返ってくれた今はとても幸せだ。分不相応な想いも抱えるほど。でも、事実に目を背け、嘘《うそ》の上に立っていては笑えない。なかったことにしてはいけないのだ。

「本当のことなら耐えられます。心晴さんはフンフンを助けてくれて、キャロルを大事にしていた人です。心晴さんのご家族に、あの時あったことを知ってもらう方が、私にはずっとずっと大事」

「藍ちゃん……」

「ごめんなさい。心晴さんにとっても、ひどいこと言ってると思います。せっかく立ち直ったって言ってるのに。でも、どうかお願いします。本当のことを話してあげてください……」

懇願に返事はなく、ただ心晴が空いていた左手で、藍の体を引き寄せた。

瞬間、抱きすくめられるような形になり、額が相手のワイシャツに当たった。

突然のことすぎて、どうしていいかわからない。ただ息を止めて体を強《こわ》ばらせているうちに、合図のようにまた背中を叩《たた》かれた。藍は棒立ちで顔を上げた。

心晴は笑顔だった。

「了解。藍ちゃんには負けたよ。一回話し合ってみる」

――本当に？

彼は何事もなかったようにさよならを言い、駐めていたパッソに乗っていってしまった。

急に抱きしめられたことへの驚きで、外構前に立ち尽くす藍は、後から自分の顔を触った。

（べしょべしょ……）

心晴のワイシャツは大丈夫だろうか。暗いし、確かめる余裕もなかった。

ふらふらしながら家の戸を開けたら、フンフンが藍を出迎えるべくスタンバイしていた。

藍は尻尾を振るフンフンを階段の前で抱きかかえ、二階に向かった。

自分の部屋のベッドに腰をおろす。頭は相変わらず働かなかった。

「……どうしたのフンフン。何か変な匂いでもする？」

やけにフンフンがこちらの匂いを嗅いでいる。警戒にうなり声まで上げているので、おかしいなと思ったが――。

（心晴さんの残り香）

理由に思い至った瞬間、顔面が発火したあげく、変な声が出かけた。慌てて自分の服の裾を、ばたばたと振った。

「あ、あのね、別に変なことはないんだよ。本当。向こうはぜんぜん気にしてないと思うし。信じて」

いちいち動揺する自分が、一番はしたないだろうと思いつつ、慌ててしまうのはどうしようもない。

きっと彼にしてみれば、単なる礼や励ましの一環で、ハグに深い意味はなかったのかもしれない。証拠に最後の方は、かなりすっきりした顔をしていた気もするし。

心晴が納得したなら、それでいい――。

藍の願いは、鴨井心晴に守られることではない。こちらのことなど気にせず、自分の家族に向き合ってほしかった。

たぶんそれが、目の前にいるかけがえのない家族を救おうとしたことへの責任なのだ。


【鴨井心晴の場合】


実家は東京二十三区外にあり、天気予報も都心とは別の表示になっていることも多い。都会側が寒ければより寒く、暑ければより暑くと言った具合である。

六月某日――いつ雨が降り出してもおかしくない、雲がたれこめた曇天の日、心晴は八《はち》王子《おうじ》市内にある実家の門を開けていた。

草取りが追いつかない飛び石の周りで、庭木のネムノキが咲き始めている。線香花火のような薄紅の花だ。手作りの餌台は変わらず設置してあり、鳥好きの父が切った果物を提供しているようだが、真昼の今は食い散らかされた後で閑古鳥が鳴いていた。

（まさか、誰もいないってことはないよな……）

手持ちの鍵でドアを開け、玄関から一階リビングに顔を出す。母の瑞穂《みずほ》が、対面キッチンで麺を茹《ゆ》でていた。

「うす」

「やだ。心晴じゃないの」

「何その嫌そうな顔」

「だってあなた、帰ってくるって一言もなかったでしょ……どうしよう、お蕎麦《そば》追加で茹でる?」

「いや、別にいいよ。駅で食ってきたから。それより陽咲いる?」

「陽咲は二階にいると思うけど……」

「サンキュ」

瑞穂は心配そうに、階段へ歩き出す心晴を見送っていた。まあその懸念自体は、感じて無理からぬものだろう。紙袋の持ち手を、あらためて握り直す。

心晴が最後に帰省したのは、半年前の正月だ。キャロルが亡くなったことは伝えていたものの、実際に家族が顔を合わせたことで死亡時の詳細が発覚して、大げんかに発展した。中でも下の妹の反応は苛烈で、なぜ側についていなかったとヒステリックに糾弾する側と、仕事を盾に石のように押し黙る側にわかれて、気まずい解散になった。

（実家特有の匂いって、言われてもピンとこなかったけど、こうなるとけっこうわかるもんだな）

リビングと廊下を隔てるドアには、ペット用のフラップが取り付けられたままだ。他にも爪をといだとわかる傷跡など、この家には猫がいた足跡が沢山残っている。

数年前よりよくきしむようになった階段を上ると、一番手前が自分の部屋だった。その隣が燿里。今はどちらも家を出ていて、日常的に使う者はいない。

奥の部屋をノックする。

「入るぞ――」

ドアを開けると、目に入るのは大きな作業机を中心に並べられた、大量の画材だ。

マグカップに刺さった太さの違う筆に、濃さの違う鉛筆。カラフルな色鉛筆にマーカー類。整理棚にパステルのセットやカラーインクの瓶が並び、お菓子の缶に水彩絵の具やアクリルガッシュのチューブが無造作に入っている。みなよく使い込んであり、新品に近いものは一つもない。白い豆皿に溶かれた色彩の数々は、今描いている作品の着色に使われたものだろうか。床にデッサンやラフを描き殴った紙が何枚も落ちていて、一言で言うなら圧倒的な手仕事の集合体だ。

壁には彼女が過去に制作した作品がいくつか飾ってあり、本棚には尊敬する画家の画集や技法書も大量にあったが、肝心の当人の姿がどこにもなかった。

（二階にいるんじゃなかったのか？　でかけたのか？）

一瞬首をひねる心晴だが、そこで一つ気がついた。

作業机に残された、描きかけの水彩画に近づく。花と動物がモチーフで、相変わらず根気の塊のような精緻な作品だが、端のインク溜《だ》まりがまだ乾かず濡《ぬ》れていた。ということは——。

（近くにいる）

心晴はきびすを返して部屋を出た。

二階のトイレが使用中でないことを、視界の端で確認する。そのまま階段を下りると見せかけて、心晴と陽咲の部屋の間にある、燿里の部屋を開けた。

「おま、何やってんだよ！」

「いやー、来んなー！」

「来んなじゃねえって！」

鴨井陽咲は外靴を持ったまま、部屋の窓を乗り越えていた。

こちらの大声に驚いて、ひさしの上で大きくバランスを崩す。滑り落ちそうになったところを、なんとか桟にしがみついてしのいだ。

「馬っ鹿野郎」

「靴、下に落としちゃった……」

「後で取りに行け。家の中からな」

さしのべられた心晴の手を借り、陽咲が体勢を立て直す。そこから外を見れば、ちょうどいい位置にびわの木が生えていた。

（くそ、そのびわの木から伝い降りるつもりだったのか……）

どうりで燿里だけ、テスト期間中の脱走がやたらうまかったわけだ。今さら謎が解けた。

部屋の中に戻ってきた陽咲の足下は裸足《はだし》で、服装は中学時代から着ているだぼだぼの部屋着に、絵の具のついたエプロンと腕カバーまでしていた。ほぼ発作的に飛び出そうとしたようだ。年より幼いタイプなのは確かだろう。

陽咲はふてくされたように、心晴から視線をそらした。

「忍者みたいな真似《まね》しやがって」

「だって部屋の窓から、来るのが見えたから……」

「そんなに俺と話すのは嫌か」

「嫌だよ。キャロルにあんな真似して、好きになる要素あると思ってるの」

以前の心晴ならつられて感情的になって、収拾がつかなくなっていたかもしれない。でも、今日の自分は違うつもりだった。

「そうか、わかった。でも俺は話し合いにきたつもりなんだ」

心晴は陽咲のエプロンの胸元に、持参した紙袋を差し出した。

中身は張りのある布でカバーした、キャロルの骨壺《こつつぼ》である。アパートから一緒に電車に乗って、八王子のここまでやって来たのだ。

陽咲は一目見て、それが何で、何が入っているか察したようだ。受け取ってため息のような声を漏らした後、紙袋ごと座り込んだ。骨壺を取りだし、大事そうに抱えたまま、小さくしゃくりあげ始めた。

心晴もまた、そんな彼女の前に腰をおろして、あぐらをかいた。

「馬鹿。心晴兄はひどいよ」

「そうだな」

「いくらキャロルは心晴兄が拾った猫だからって。私にだって大事な子だったんだよ

……」

それも知っていた。

特に陽咲の場合は、生まれた時からいるのが当たり前だった。彼女が一時的に学校に行けなくなっていた時、一番一緒にいて、心を慰めていたのはペットのキャロルだったろう。

よく布団に入れて、一緒に寝ていたのを覚えている。

彼女が描く絵によく猫が登場するのも、陽咲にとって欠かせない存在だからだ。

「どうして飼えもしないのに、キャロルを連れていったの」

「少なくとも……俺が就職する時、燿里は専門学校で忙しかったし、陽咲は美大の受験準備で大変だっただろ。母さんはばあちゃんの介護で、持病があるキャロルは俺が面倒みるべきだと思ったんだよ」

「でも結局、ひとりぼっちでいかせたじゃない……ひとりきりで……」

それについては、本当に申し訳ないと思っている。今でも心晴の中で、乾くことのない傷の一つだ。キャロルに直接謝れるのなら謝りたい。

「仕事が忙しいなら、うちに帰してくれればよかったのに。そうしたらもっと……」

「知り合いの犬を捜しにいってたんだよ」

思い切って心晴が答えると、陽咲は不意をつかれたように、しゃくりあげるのを止めた。

心晴は黙ってうなずいた。

「猛暑日の、すごく暑い日でさ。犬は首輪もしないで家を飛び出して、帰れなくて迷子になってた。飼い主はすごく心配して、俺も一緒に捜しにいった。それで帰ってきた時にはもう、キャロルは動かなくなってた」

ベッドの上で、苦しんでいたそぶりも見せず、眠るように丸くなっていたのを、心晴は昨日のことのように思い出せる。

年齢的にも内臓の数値的にも、夏を越せるかわからないというのは、獣医師も話していたことだった。仮に前後一日でもずれていれば、心晴もキャロルを納得して送り出せただろうし、藍も罪悪感に胸を痛めることはなかっただろう。でもそうはならなかったから、みな苦しんだのだ。

「その犬のせいで……キャロルは……」

「通院してた動物病院で知り合った犬だから、キャロルもよく知ってるんだよ。放っておいたら車にひかれるか、熱中症で倒れてたかもしれない。あそこで捜しに行かなかったら、俺も後悔したし、キャロルにもきっと何やってるんだって怒られてたと思う。だから陽咲、もしもを考えてもしょうがないんだ。何度やっても俺はフンフンを助けにいったし、キャロルの最期に間に合わない。絶対に」

半分は、自分自身に言い聞かせるようなものだった。

一息に言い切ったはいいものの、この結論が出るたび胸が痛むのは変わらない。藍が言っていた通り、自分はできるだけ避けて通ってきたのだろう。藍に恨みをぶつけたくなかったから。何より、キャロルを救う道がないことを、何度もなぞって確かめるのは耐えがたかったから。

「ごめん。俺もできれば認めたくなくて、言うのが遅れた」

「……絶対になんて、ずるいよ心晴兄。こんなの怒れないじゃん……」

「別に怒ってもいいんだ。許されたくて話したわけじゃない」

真相から目を背け、藍のぶんまで汚名を背負った気になり、陽咲に責められているのは、ある意味楽だったと思う。

情に厚くて気が優しい陽咲の気質は、昔から変わらない。突き詰めれば自分は、普通の生活を送ろうとしている自分をどこかで恥じ、家で一番素直な彼女に正面から罰してほしかったのかもしれない。今さらそんな、隠れた願望に気づいてしまった。

「……みつかったの？」

「何？」

「そのフンフンとかいう迷子の犬。無事だったの？」

「あ、ああ。見つかったよ。ちょっと危なかったけど、ちゃんと飼い主のところに帰れた。今も元気だ」

「そう。よかった……って、変だよね。何言ってるんだろう私」

陽咲は泣き笑いのような顔になり、浮かんできた涙をまたぬぐい始めた。

「俺はキャロルをちゃんと見送れなかった。面倒みるってタンカ切ったくせに、できなかった。いくらでも恨んでいい。ただ、燿里の式だけは普通に出てやれないか。あいつのことも悲しませたくないだろ」

「うるさい。いいよもう、わかったから」

彼女は言って、まるで羽虫を追い払うように手を振った。

「それより心晴兄。この子、このままお墓には埋めてあげないの？」

骨壺のキャロルのことらしい。

「いや、特にペット霊園とかは契約してないから」

「ダメだって。そんなよく知らないところはやめてよ」

「どこならいいんだよ」

「うちで眠らせてあげればいいじゃない」

陽咲の肩越しに、開け放たれた窓の外が見えた。

やわらかな曇り空。そしてびわの木。鳥の鳴き声がする。

火葬してもらったはいいものの、今まで手放す気にならなかったのに、なぜか天から降ってきたようにその提案が腹に落ちたのだ。

「……そうだな。そうするか……」

しかしいざ庭に埋めようとなると、道具はどこだ、穴を掘っていい場所はないのかと、けっこうな騒ぎになった。

「陽咲。物置にスコップあったぞ」

「ありがと」

「雪かきに使ってた奴だよな、これ――」

八王子は山が近く、都心よりも積もりやすいのだ。数年に一度のドカ雪に備えて自宅にあれこれ置いている家も多く、心晴が見つけてきたのは、そういう除雪用の金属製スコップであった。

「場所は決まったか？」

「ここ。お母さんもここなら種をまいたりしないから、掘ってもいいって」

瑞穂の趣味はガーデニングで、へたな場所に埋めれば種や球根とかちあって、大変なことになるのは目に見えていた。

陽咲が指定したのは、庭の中でも塀沿いの薔薇《ばら》が途切れる一角だ。振り返れば敷地《しきち》全体が見通せた。

「鳥の餌台も近いな。いい場所じゃん」

「キャロル、よくカカカカッって鳴いてたよね。捕まえにいきたかったんだと思うよ」

「まあ今なら獲《と》り放題ってことで」

心晴は土の地面に、スコップを突き立てた。

長年放置されていた場所は石も混じって、掘り起こすのに難儀したが、必要なのは猫一匹が眠るためのスペースだ。無心に穴を掘ると、陽咲が骨壺の骨と、家に残っていたキャロルのおもちゃを一緒に入れて埋葬した。

心晴としては土をかぶせただけで終わりかと思ったが、陽咲はそこから綺麗《きれい》な石で周りを飾り、咲いていた薔薇や紫陽花《あじさい》をたむけと、一気に墓らしくしてしまった。

(こういうところのセンスは、俺にはぜんぜんないんだよな)

真剣な顔で微調整を繰り返す姿は、いかにもアーティスト肌なこだわりが見えたが、あえて指摘はしなかった。ただ、好きなだけこだわらせてやろうと思った。

完成後は心晴と陽咲と、家の中にいた母も呼んで手を合わせた。

しかしいざ祈れと言われると、うまい言葉が出てこない。いつも側にいるような気がしているからだろうか。

(——元気か? キャロル。もう毛皮は着替えて人間界にいるか?)

俺はとりあえず元気だから。安心してくれ。

そんな感じの報告を墓前にして、目を開ける。

立ち上がっても陽咲はお祈りを続けていたが、途中で冷たいものが頬に当たった。

「あら、雨降ってきたわ」

瑞穂が空を見上げてつぶやく通りで、慌てて掃き出し窓から、家の中に避難した。

「ねえ、心晴兄。迷子君の写真って持ってないの？」

「ん？」

「別に他意はないよ。あるなら見てみたい」

陽咲に頼まれた心晴は、自分のスマホを取り出した。

しかし中を漁《あさ》ってみても、どれも飼い主の藍がセットで写っていて、犬単独の適当な画像が出てこない。深層心理での関心や力関係が露骨に出ている気がして、心晴は深く反省した。

一緒に人間が写っていない、プライバシーに配慮したものとなると――。

（これか――）

心晴はためらいがちに、スマホを妹に差し出した。

「こんなん」

「……ちょ、ま、あははははは！」

前に藍に送ってもらった、ヘソ天で居眠りしつつ宙を駆けるフンフンの動画である。

心晴が編集し、人気時代劇のBGMまで付けてしまったバージョンだった。

もともと笑い上戸の陽咲は引きつけを起こさんばかりに笑い転げ、「わざとでしょう」と文句を言ってきたが、冗談ではない。正真正銘、これがフンフンだ。藍を守り心晴の前に立ち塞がる、最強の将である。

＊

藍には川口の自宅に帰ってきてから、電話をした。

彼女はコール一回も鳴りきらないうちに、通話に出てくれた。

『はい！　三隅です！』

「毎度お電話ありがとうございますって続きそうな声出すよね。藍ちゃん」

あまりに緊張していそうだから、ついこういう口の利き方をしてしまうのだが、毎度からかってしまいすまないと思う。スピーカーの向こうで、藍のもごもごとした反論の声がした。

「今、時間いい？」

『問題ありません』

「ほんと？　明日の予習とかしてない？」

『してましたけど……』

　本当に世の中藍のような生徒だらけなら、教師としてこんな楽な話はないと思う。

　しかし藍が心晴の教え子になったことは一度もないし、学校の枠外でなければこんな風に話そうと思うことすらなかっただろう。

　つくづく仮定というものに意味がないことを、噛《か》みしめる。

「まずはお礼を言いたくてさ。今日実家帰って、陽咲と話してきたんだ」

『……妹さんですか？　それじゃあ』

「うん。言ってなかったことは全部伝えて、言いたいこと言い合って、なんとか和解成立、かな。燿里の式も出るってさ」

『ああ、よかった……』

「キャロルの骨も、一区切りってことで実家の庭に埋めてきたよ」

　藍が安堵《あんど》に声を詰まらせている。また感極まって泣いていないか、心配だった。電話越しでは確かめることもできない。

彼女に向き合えと背中を押されたおかげで、心晴は自分の隠れた願望にも気づけたのだ。誰かに裁かれたかった。怒られたかった。藍にも許さず自分でも消化できなかった感情を、陽咲に託して利用していたようなものだ。ひどい兄貴もいたものである。

『心晴さん、大丈夫ですか。辛《つら》くないですか』

「とんでもない。むしろすっきりしてるよ。ありがとう藍ちゃん」

こうやって真っ先に人を案じ、自分を不利な立場に置くこともいとわない。三隅藍の強さは、フィジカルとは別の、本当の強さなのではと思う。とっさに抱き寄せてしまった時は、大事になる前に撤退できてよかったと思う。

今は心晴を案じて一喜一憂している、その真《ま》っ直《す》ぐな心根がいじらしくて、愛おしかった。

『吉田さんの結婚式、ご家族みんなでお祝いできるんですね』

「そう。それなんだよな……」

喋《しゃべ》っていると、あぐらをかいた心晴の足の中心に、プー子がおさまってきた。今はこの部屋にいる唯一の生きた猫を、自然と片手で撫《な》でる。

心晴としては、どこであろうと、もちろん出席するつもりだ。陽咲の同意もやっと取れた。

問題は、今こうして頭を撫でている猫の処遇である。意外に頭が痛い状況なのだ。

「藍ちゃん、旅行に行く時とか、フンフンはどこに預けてる？」

『え、フンフンですか？』

「そう。今回の会場、離島ってほどじゃないけど、沖縄のわりと辺鄙《へんぴ》なとこにあるホテルでさ。行くとなると二泊三日になるし、ペットホテルに預ける必要あると思うんだよ。いつものきたむら動物病院で預かってもらう手も考えたけど、あんまり相性良くなさそうなんだよな」

キャロルが生きていた時、心晴に出張や研修が入ると、病院のペットホテル部門に預けてしのいできた。長期の時は、事前に実家に里帰りさせた。同じ手をプー子に使って良いものか、疑問なのである。

『そうですか……すみません。うちだと全員で移動する時は、フンフンも連れていくことが多くて』

「あ、ペット可とか、そっちの宿か」

『それまであちこち移動してきたので、旅行自体がそんなにという感じで……』

申し訳なさそうに藍は言った。

しかし転校ばかりだったという彼女の半生を聞けば、そうなるのも必然かもしれなかった。

ならばどうしようか。心晴が思わず考え込んだ時である。

『……うちでお預かりしましょうか？』

「藍ちゃんのとこ？」

『はい。プー子ちゃんなら何度か遊んだことありますし、プー子ちゃんがフンフンを怖がらなければ、うちでお預かりしてもいいと思うんですが』

「ああ、そのへんの心配はまずないよね……」

なにせプー子が子猫の時から何度も会って、犬の方にも人の方にも慣れさせてきたのだ。こういう事態を想定していたわけではないが、最適ではある。

「そうだね。藍ちゃん以外で慣れてる人って、あとはもううちの校長ぐらい……」

『そ、それは』

藍が電話口で噴き出す。

「いや、洒落《しゃれ》じゃなく預かってくれそうではあるんだよ。問題はそのまま返ってこない可能性があるだけで」

『じゃあやっぱりうちがいいですよ』

笑いの混じった声がして、心晴も思わず気がなごんだ。

「わかった。悪いけどお願いするよ」

『楽しみにしてます』

挨拶をかわして、そのまま通話を終えた。大げさかもしれないが、天使と話した気分だった。

「おい、プー子。おまえ藍ちゃんとこにお泊まりするぞ。お行儀よくできるか？」

足の間におさまる猫に話しかけると、彼女は金色の目をくりくりさせたまま、ごく短くニャーと鳴いたのだった。


【三隅フンフンの場合】


とんとんとん。廊下を右へ。

とんとんとん。今度は左へ。

フンフンは床にぺたんと伏せをして、家の中を右往左往するご主人を見上げている。

思えば『ダイガクセー』になってからの藍は、大変なことばかりだった。いきなり毛皮を爆発させて帰ってきたかと思えば、失敗したとめそめそしたり。それが落ち着いたかと思えば、また情緒不安定になって回復して。

今日は藍にとってお休みの土曜日のはずだが、朝恒例の公園散歩もそこそこに、家の中はひどく落ち着きがなかった。

「ねえ藍。本当にこっちで用意するものはないのね」

「大丈夫だって言ってた。寝床とトイレは、いつも使っているものを一緒に持ってきてくれるって」

「ご飯は？」

「それも持ってくるって！」

ご主人の藍はもちろん、里子《さとこ》ママもそわそわしている。

いったい何が始まるのだろう。

フンフンは耳をそばだてて二人の動向を見守り、下を見ていなかった里子に尻尾を踏んづけられそうになった。ひどい話である。

（……ん？）

ふと床に顎をつけていたフンフンの、鋭い聴覚センサーに何かが引っかかる。

これは、車が近づいてくる音。そして門の前で停《と》まった！

（藍ちゃん、誰か来たよ！）

フンフンは立ち上がり、番犬モードで警戒姿勢を取る。変化に気づいた藍が、表情を変えた。

「心晴さんかも」

直後にインターホンが鳴る。

藍が玄関口へ急いだ。フンフンも、もちろん後をついていく。藍は途中にある洗面所に顔を出して、身だしなみチェックをすることも忘れない。

本当に何が始まるのさ。

後ろをついて回るフンフンに、彼女はとっておきの秘密を打ち明けるように、笑って言った。

「今日はね、お家《うち》にプー子ちゃんが来るんだよ！」

藍の言っていることは、本当だった。気がつけばペットキャリーやお泊まり用具が詰まった紙袋などが、心晴とそれを手伝う藍によって、三隅家の中に運びこまれていくのだ。

心晴はぺこぺこと、里子ママに何度も頭を下げた。

「すみません。餌はこっちに入っているフードを、朝晩やってください」

「あとはお水ね？」

「そうです。お世話になります」

「いいのよ。妹さんの結婚式、楽しんできてね」

フンフンは、廊下に置かれたキャリーに近づいた。

(うわあ……)

いるよ。

出入り口兼、のぞき窓になっている扉の奥に、白黒ブチの猫がうずくまっている。

目が合うと、猫が言った。

『あ、しっぽない犬だ』

『今はあるよ。フンフンだよ』

失敬な。

『それはよいことですね』

本当にもう、このふさふさっぷりが目に入らないのか。フンフンは見せつけてやるべく、プー子に向かって大きく尾を振った。

「心晴さん、飛行機の時間は大丈夫ですか」

「平気平気。それじゃお二人とも、月曜までよろしくお願いします。またな、プー子」

最後はプー子に呼びかけ、三隅家を出ていった。

その後は国宝を扱うかのような丁重さで、プー子はキャリーごとリビングに移された。

「いやー、猫よー。うちに猫がいるわー」

「お母さん落ち着いて。プー子ちゃんが怖がるよ」

「だってママ、フンフン来るまでは圧倒的猫派だったのよー。ちょっとだけご挨拶をば……きゃあああ、可愛《かわい》いー！　耳とひげがあるー！」

「そりゃプー子ちゃんは可愛いよ。誰が見てもそう思うよ。世界の常識だよ」

——なんだろう。こんなに地に足がつかずにふわふわ浮かれきった親子を見るのは、初めてかもしれなかった。

二人ははしゃぎながら部屋の隅に猫砂の入ったトイレを設置し、キャリーの置き場所一つ決めるのにも意見を戦わせ、合間に床にへばりつかんばかりのローアングルで猫を激写することも忘れない。フンフンとてこんなにちやほやされるのは、めったにないことである。耳だってひげだって、ふさふさの尻尾だって立派にあるのに。

フンフンは、ちやほやの渦中にいるプー子に話しかけた。

『ニ、ニンゲンってたまに変だよね。ボクら何もしてないのに、でれでれしてさ』

『まあ、プー子が可愛いのは当然ですから、しょうがないです……』

『うわあ言い切った』

言ったよ、一点の曇りもない目で。謙遜の美徳を知るイヌとしては、ドン引きだ。何なの、最近の猫ってみんなこうなの。

『ここが本日のハウスのようですね』

『心晴のやつに、そう言われたの？』

『はい。あとお日様が二回昇ると、迎えにくると言っていました。心晴はここから空を飛んで、オキナワにいってくるそうです』

『ええ……飛ぶの』

その時、フンフンの頭の中に浮かんだのは、赤いマントをひるがえして海を渡る心晴の姿だ。そんなことになっているの、あのお城のドア係。意外な特技があったものだとおののいた。

最初は動物病院のホテル部門で預かってもらうことも検討したそうだが、この大物そうな猫の絶食が心配で断念したらしい。

『なんか意外だね。キミ、そういうの気にしない感じなのに』

『だってびょういん、プー子のことぜんぜん褒めてくれないじゃないですか。痛いことするし』

『褒めが大事なのね……』

『愛とよんでください』

女の子の言うことは、よくわからない。猫だからかもしれないが。

『ですからここは、プー子的にはよいところだと思います。どうぞよろしくおねがいしますね、フンフンさん』

『うーん……』

三隅家の先住犬としては、少々とは言わず、だいぶ複雑であった。

＊

その日は夜になっても、一階リビングは人がいて賑《にぎ》やかだった。

「はい、そうなんです。プー子ちゃん、すぐに決まったところでトイレしてくれて、お水も飲んで偉い子ですよ」

ただいま藍は、沖縄に無事ついたという心晴とビデオ通話中だ。

ローテーブルに置いたタブレットには、例のお城のドア係——鴨井心晴のすかした顔が、大写しになっている。足下の床には、ここまでプー子と遊ぶために使った手作り猫じゃらしや紙玉が、大量に散乱していた。里子ママはまだプー子の気を引こうと、ストロータイプの猫じゃらしでがんばっている。

確かに藍が言う通り、猫がキャリーの中にとどまっていたのはほんの一時間ほどで、あとはこのリビングに出てきて好きなようにふるまっていた。トイレも食事も、馴染《なじ》みのあるものが用意してあったからか、特に戸惑うことなくすんなりと言っていい。

「フンフンとか今でも時々失敗するから、プー子ちゃんを見習ってほしいですよ」

ち、ちょっとねえ、藍ちゃん。こういう時に人の弱みを持ち出すのは、酷《ひど》いんじゃないかな！

同じ部屋にいるプー子の挙動を気にしつつ、フンフンは軽く藍を恨んだ。

（こっちにもね、立場ってやつがあるんだよ）

別に失敗と言ったって、駄目な時でも大外しはしないし、大抵前脚か後ろ脚はトイレシーツのトレイに乗ってるから、大きくくくれば成功と呼んでいいのではないだろうか。

黒い板きれに映る心情は、『なるほどね』と脳天気に笑っている。

『ダックスは、狙い定めるのが難しそうだなあ』

「たぶん子犬の時から、胴体の長さが変わってないって思ってるんですよ。そこも可愛いんですけど。ねえフンフン？」

ふん、知るもんか。

すっかり拗《す》ねたフンフンは、伏せのまま顔をそむけた。可愛いの言葉だけは、別腹で受け取っておくけれど。

「心晴さんは、今ホテルなんですか？」

『そう。沖縄のリゾートって言や聞こえはいいけど、北部の端っこだったから来るまで大変だったよ。明日は午前中から式と披露宴だとさ』

「でも綺麗《きれい》なところなんですよね」

『まあね。さすがに海は綺麗だよ。この部屋からも見えるはずなんだけど……暗くてよくわからないよね。ごめん』

心晴は持っているスマホを、窓の外に向けたようだが、こちらには真っ黒い画面にしか見えなかった。藍はころころと笑っている。

「――ほんと、楽しそうでけっこうなことよね」

そう言ったのは、プー子の気を引くのを諦めたらしい里子ママである。

ここまでの会話を横で聞いていて、フンフンも同じことを思ったものだ。

だから伏せの姿勢から立ち上がると、お客さんであるプー子のところに行った。

『ねえキミ。ちょっといい？』

『なんですか、おトイレ失敗するフンフンさん』

『聞いてたの。というかケンカ売ってるの』

『いいえぜんぜん』

ナチュラルに失礼なだけか。そうかそうか。

フンフンは、咳払《せきばら》いのかわりにふんと鼻を鳴らした。

『ボクはさ、前にキミに言ったと思うんだよ。何事もセッドが大事だし、ニンゲンはボクらと違って季節で恋をしないから、ちゃんと見張っててあげなきゃいけないって』

『ええ。言ってましたねそんなこと』

『藍ちゃんはここまで、苦労したと思うんだよ。たぶん心晴のやつもそうだ』

山あり谷あり、泣いて笑って遠回りして。

犬の目で見てももどかしくなってくる、両片想《かたおも》いだ。だからこそ——。

『もういいかげん、二人は幸せになってもいいと思うんだ。そう思わない？』

フンフンの提言を受け、プー子があらためて通話中の二人を見た。

首輪についた鈴が、小首をかしげるとちりりと鳴る。

『そーですね。プー子も賛成です』

『だよね。そう思うよね』

『でもどうしたらいいんでしょう』

『それをこれから考えるんだよ』

真面目に意見をかわしても、すぐ近くにいる人間に聞こえないのが、フンフンたちペットの便利なところだ。

そこから犬一匹と猫一匹、ご主人のために頭をひねり、ああでもないこうでもないと、最適な応援プランを詰めていったのである。

【鴨井心晴の場合】

青空に鐘が鳴る。

岬の突端にあるリゾートホテルの、まぶしいぐらいに白いチャペルは、明るいエメラルドグリーンの海によく映えていた。

この先の崖から階段で下に下りると、宿泊客のみのプライベートビーチがあるらしい。まさに南国リゾートの真骨頂。窮屈なネクタイなんて放って、一泳ぎしに行きたいぐらいだ。しかし心晴たちは海には行かず、こうしてチャペルの外で待機している必要があり、吹き付ける強い潮風に、セットした髪や礼服をべたつかせているところであった。

（お、来た）

ようやくチャペル正面の扉が開く。中からベールにウエディングドレス姿の花嫁と、モーニングを着た花婿が、腕を組んで出てきた。

「おめでとう」

「おめでとう」

「幸せになれよー」

いいかげん待ちくたびれていた列席者は、持たされた花や米を、ここぞとばかりに新郎新婦に投げつけたのだった。

「——豆まきしてるみたいだったよ、心晴兄」

挙式が終われば、次はホテルのバンケットルームで披露宴である。

「は?」

「新郎は鬼って感じ? 意外とシスコンだったんだなって思った」

「言いがかりありがとうございます」

シフォンのドレスとパールのカチューシャで着飾った陽咲は、漆の盆に上品に盛られたエビの焼き物を、箸でつまんでいる。

（他の奴らも、大して変わらなかったろ）

心晴も陽咲も、新婦父の藤一郎《とういちろう》や新婦母の瑞穂と一緒に、会場で高砂《たかさご》に一番遠い親族席に座らされていた。披露宴の食事に一番気をつかったと燿里自身が断言していただけあり、地元の肉や野菜を贅沢《ぜいたく》に使った創作和食は味がいいようだ。ホールの装飾がいかにもな洋風でも、実を取った姿勢はグッジョブと褒めたい。

心晴は自分のスマホを確認した。

川口の藍からは、定期報告のＬＩＮＥが来ていた。

彼女の家で預かってもらっているプー子は、朝も無事に食事をしたらしい。便通も正常。すっかり慣れた感じの写真を見ていると、和むと同時に里心がついていけない。

「何にやにや見てるの？」

「にやにやって。預けてきた猫だよ」

「ふうん、ちょっと見せてよ」

「嫌だ。悪態つく奴には見せない」

「ちょ、ひどくない？」

「見せてくださいお兄様と言うなら許可する」

「心晴。陽咲。あなたたちね、お式の時ぐらいスマホいじるのやめられないの。みっとも留め袖姿の母に、この年になって兄妹《きょうだい》げんかを叱られた。しかもスマホの使用で。とても教え子には見せられない姿だと思った。

「少しは燿里を見てあげなさいよ。どうしてそんなに冷めてるの」

「別にいいじゃない。お姉ちゃんたちだって、めっちゃくつろいでるし」

陽咲の言う通りである。

高砂の妹は新婦のくせに出された料理をもりもりと食べまくっていて、新郎はそんな新婦に目を細めてなんでも許しそうな感じだ。他にもスマホを使って撮影している列席者は多く、フランクな空気の中で心晴だけとがめられるのは納得がいかなかった。

『続きまして、新郎新婦の生い立ちとなれそめをご紹介いたします』

歓談の時間が終わり、会場内の照明が一段と暗くなると、さすがにそれ以上のスマホの使用はためらわれた。視線は勢い、目の前のスクリーンに集まった。

『新婦、鴨井燿里さんは鴨井家の長女として東京都八王子市内に生まれ、体重は二五〇〇グラム――』

よくある生い立ちとなれそめだ。

スクリーンに、手作りらしい動画が流れ始めた。

ある意味それは、本当に心晴がよく知っているものだけでできていた。

最初は産院で撮影した、しわくちゃの新生児の写真。引き続いて自宅内で這《は》い這いをする、乳児の燿里。

一歳の誕生日の写真。大写しのロウソクとケーキ。

新しく妹という家族が増える。名前は陽咲。

年末、家族全員で祝ったクリスマス。さらに時が流れ、初めて買ってもらったランドセル。エトセトラ、エトセトラ。

どれもこれも、手垢《てあか》がついて見慣れた写真だ。目新しいものは一つもない。なのに心晴はいつしか箸を動かす手も止め、目の前のスライドムービーに見入っていた。たぶん隣の陽咲もだろう。

家の中で撮ったあらゆる写真に、白い猫の姿が映り込んでいた。

背景に尻尾だけ耳だけ、見切れているものもあったが、それだけ自然に溶け込んでいたとも言えた。いつもいて当たり前だったのだ、鴨井家の六番目の家族——心晴たちの飼い猫は。

場内の照明が再び明るくなった時、心晴たちのテーブルは父も母も心晴も陽咲も、全員多かれ少なかれ目が赤かった。きっと新郎側の列席者は、嫁ぐ燿里を思う涙もろい一家なのだと解釈したに違いない。そういうわけでは決してなく――いいや、さしたる違いはないか。

（ありがとな、燿里）

同じムービーを見て鼻を赤くしている新婦と目が合い、心晴は目立たぬよう、小さく親指を立てた。

陽咲を説得できてよかった。わざわざ沖縄まで来てよかった。総じていい式だったと、心晴は心から思ったのだ。

＊

翌日は忙しかった。

結婚式の余韻も覚めやらぬうちにホテルをチェックアウトし、高速を飛ばして那覇《なは》にたどりつくと、短い時間で土産物を物色した。そこから空港に移動し、白い雲と青い空、エメラルドグリーンの海に別れを告げ、飛行機で羽田に到着したのである。

川口の自宅に荷物を置いたら、すぐに車で三隅家に向かった。

それでもたどりつく頃には、外はすっかり暗くなっていた。

（プー子のやつ、待ちくたびれてるかもな）

インターホンを押すと、三隅藍がドアを開けた。

「こ、こんばんは。お疲れ様です」

「そっちこそ、お疲れ。おかげで無事親族の務めが果たせたよ」

藍ははにかむように微笑《ほほえ》んだ。

そんな彼女の後に続いて、家の中に上がらせてもらう。

「写真アップしてくださって、ありがとうございます。吉田さんすごく綺麗《きれい》」

「あと海もね。空港で沖縄そばだけ意地で食べた」

リビングには、藍の母親の里子もいた。

「あらー、お帰りなさい鴨井さん。お夕飯これからだけど、一緒に食べてく？」

「いえっ、それはけっこうです。今日はプー子を引き取りにきただけなので」

固辞するかわりに、空港で買った沖縄銘菓ちんすこうの詰め合わせが入った紙袋を、里子に渡した。

「これ、つまらないものですが召し上がってください」

「まあまあ、ご丁寧にありがとうだわ」

「藍ちゃんも良かったら」

「私もですか？」

詰め合わせの菓子セットとは別に、小さなショップバッグに入った土産も用意した。

これは空港ではなく、沖縄北部でホテルから高速に乗る前の下道で見かけた、ガラス工房で購入したものだ。

「引き受けてくれたお礼もかねて。ま、言っても安物だけどね」

「どうもありがとうございます……」

恐縮しながらも受け取ってくれたことが、心晴としては嬉《うれ》しい。

「それで、プー子はどうしてる？」

「あ、それなんですけど」

彼女は我に返ったように、部屋の奥を振り返った。

「すみません。なんだかすごく気持ちよさそうに寝ていて……」

状況を一目見ただけで、心晴はぷっと噴き出しそうになった。

プー子のハウスとして持ってきたキャリーの中に、プー子とフンフンが団子状に詰まって寝息をたてていた。

どうりで妙に静かだったわけだ。

「いや、たまらないねこれは」

「どうしましょう」

「ほんとどうしようかね」

困った困ったと言い合いながらも、なぜか全員困った感じがしなかった。たぶんこの世の平和、愛すべきものがここにあったからだ。


【鴨井プー子の場合】


――狭い。

――狭すぎる。たすけてプリーズ。

キャリーの中でじっとしていても、犬の香ばしい匂いの脚やら、ふかふかの長い耳やらが当たって、かなり窮屈だった。

『フンフンさん。プー子かなり限界……』

『がんばって。静かに寝たふりして。ボクだって我慢してるんだから』

『そんなあ……』

猫に我慢を強いるとは、また無体な。

本当にこんなやり方で、自分たちの目的は達成できるのだろうか。心晴と藍を応援するという話だったのに。

『いいかい？　まずはボクたちがファミリーの壁、種族の壁を超えて仲良くしているところを見せることで、藍ちゃんとコハルたちの壁もなくしてあげるんだよ。素直になってもいい気にさせてあげる。決めたよね？　はい名付けて』

『しょうをいんとほっすればまずうまをいよ、おうまさん同士でなかよくなっちゃおう大作戦……』

『そうそれ』

男の子って、作戦とか必勝とか好きよねとプー子は思う。プー子は愛が一番大事だと思っている。

フンフンいわく、人間というのはプー子が思っている以上に複雑で意地っ張りで、抱えている事情が多くて、簡単に求愛することはできないのだそうだ。そこをうまく立ち回るのが、プー子たちの役目らしい。

『なんだかすごく、遠回りですよね。もどかしいしめんどくさい……』

『わかってるよ。ボクたちがニンゲンに与えられる影響なんて、ちっぽけだ。でもボクたち、目で耳で鼻でよく知ってるでしょ？　ご主人が本当に望んでるものが何かなんて』

『うん、しってる』

ある意味、人間自身の方が、鈍感でわかっていないこともある。

『だからプー子君。ボクたちはちっぽけでも働くんだよ』努力をしない理由にはならないんだ』

本当にイヌっていうのは、プー子が呆《あき》れるぐらいに律儀で真面目だ。総じて人間のことが大好きのよう。ネコも愛の深さでは負けていないけれど、表し方はだいぶ違う。

キャリーの外では心晴たち人間が、何も知らずに笑っている。

「ねえフンフーン。そこフンフンのお家《うち》じゃないから。一回出ようか」

「連れていってもいいなら、寝かせてやるんだけどなあ」

近くのフンフンが、小声で言った。

『わかったならほら、もっとくっついて』

『むー』

忍耐強く犬猫団子を続けていると、最後はキャリーの扉自体が外された。密着するうちの、フンフンだけが人間の手で連れ出された。プー子から抱えて引き離される瞬間、フンフンは悲しげに「くうん」と鳴いた。思っていたよりも演技派だ。

「それじゃ、本当にお世話になりました」

「いえ、私たちも楽しかったです」

「またねー、プー子ちゃん」

心晴はプー子の入ったキャリーを再び閉め、その他のお泊まりセットも持って、三隅家を出た。

「さて、と。帰るかプー子」

通じたかどうかもわからない、小さな一歩のおせっかい。それでも真にご主人を愛するペットはチャンスを見逃さないし、ご主人の望みをかなえる小さな努力を怠らないものなのだそうだ。

たとえ犬猫の肉球よりもささやかな一投でも、山が動く最後の一押しになるかもしれないから。

「あの、心晴さん！」

次の瞬間、藍が玄関ドアを開け、家の中から飛び出してきた。

「どうしたの」

「い、今、いただいたお土産を確かめてみたところで……ちゃんとお礼を言わなきゃって思って」

「気に入らなかった？」

「いえ、反対で！　すごくすごく素敵だと思います」

息せききった藍が手に持っているのは、台紙がついたままのイヤリングだった。

細かいところはプー子の目ではわからないが、光るガラス玉がゆらゆら揺れる仕様になっているのは、猫の好みとしてもポイントが高いと思った。今の首輪にも、鈴のかわりに取り付けてほしいぐらいだ。

（聞いてる？）

無理か。目の前の娘さんに夢中だものね。

「外洋の海の色みたいですよね」

「琉球《りゅうきゅう》ガラスっていうらしいよ。作家さんの工房があって、カラフルな珊瑚礁《さんごしょう》のイメージから黒潮ばりの黒に近い青まで、一個一個色も形も違ったんだ。中でもこれは藍ちゃん色だと思ってさ」

台紙のイヤリングを見つめる藍が、微笑んで目を細めた。

「綺麗すぎて私にはもったいないぐらい……」

「とんでもない。ただの俺の気持ちだよ。こっちこそありがとうだ。藍ちゃんのおかげで家族全員そろって、燿里の式に出られたんだ」

心晴は、藍が再び顔を上げるのを待って口を開いた。

「俺ね、藍ちゃんのことがすごく好きだ」

藍が目を大きく見開いた。

側で聞くプー子はキャリーの中で息をのみ、ただでさえ全開だった耳をさらに集中してそばだてた。

「友達として話してるのも楽しかったけど、やっぱり藍ちゃんは特別なんだよ。今さらかもしれないけど、どうか俺の彼女になってくれないでしょうか。お願いします、三隅藍さん」

「……心晴さ、私……」

「そこで泣くってことは、返事はノー？」

「違います。これは勝手に出ちゃって。だって好きなんです。私も大好きなんです……ほんとです」

「よっしゃ」

聞きましたか皆さん。山が、山がついに動きました！

プー子のご主人が、鴨井心晴ががんばりました！

（やったー！）

鴨井プンプリプイッコ、略してプー子。こう見えてわきまえる猫である。ここは余計なことはせず、ネコの置物のように静かに見守るのが一番なのだ。

お家の中で虫をつかまえようとする時と同じぐらい、ひっそりと気配を殺して二人の告白を応援する。

でも少しだけ、先輩の胴長短足犬に同情した。

あちらはプー子が生まれる前から二人の行く末をやきもき見守っていたらしいのに、肝心のところはおあずけ。プー子の独り占めになってしまったのだから。

でも心晴がいったんキャリーを地面に置いたせいで、中から見える角度が変わり、気づいてしまった。

三隅家のリビングに面した掃き出し窓に、何か長い棒状の――ダックスフントの形をしたシルエットが浮かび上がっているのである。

（先輩だ）

彼はガラスに前脚を置いて立ち上がり、目や口以上に物を言う、犬特有の尻尾をぶんぶん振って喜びを表明していた。

よかったね。おめでとう。

実に、実にハッピーであると。

よっつめのお話　両片想いの『片』の字取って

【三隅藍《みすみあい》の場合】

藍がヘアサロン『AQUA』を訪問したその日は、七月の頭でありながら非常に暑く、朝の段階から三十度越えの真夏日になるほどだった。

大学を出た時はまだ熱波も引かず、夕暮れの新宿《しんじゅく》駅前を汗を拭き拭き、例の雑居ビルの階段を上ったのである。

「そんなに外やばかったですか」

担当してくれたのは、前回に引き続き吉田燿里《よしだかがり》だ。

実際にここまで移動してきた身としては、やばいというより命がけだった。

「はい……できるだけ地下だけを通って来ようと思ったんですが、途中で迷ってしまって。けっきょく地上に出るはめに……」

「めっちゃわかります、わかります。うちなんて勤めて三年目ですけど、駅からここの最寄り出口のルートしか頭に入ってないですから」

「湿気と西日にくらくらしました」

まだ梅雨明けの報道は出ていないはずだが、本格的な夏が来る前にこの気温では、先が思いやられた。

「後で行きやすいルートお教えしますすね」

是非ともお願いしたいと思った。

シャンプーですっきりした後、いつものようにカットが始まった。

彼女は先週まで休暇を取っていて、サロンでの指名もできなかったのだ。結婚式を沖縄で挙げ、親族を含めた招待客が帰った後も、新婚旅行をかねて沖縄本島や離島をのんびり回ってきたらしい。

「沖縄はここより暑かったですか？」

「いやー、日差しは強かったですけど、海に囲まれてるからなんですかね、本土ほど暑くないんですよこれが」

「そういうものなんですか」

「案外過ごしやすかったですね。ちょうど梅雨も明けてて、いい時季に挙げられたと思います」

「よかったですね」

吉田は「ほんとに」と、鏡の前で微笑《ほほえ》んだ。

彼女のウエディングドレス姿は、心晴《こはる》経由で見せてもらっている。海の見えるチャペルで、心晴も含めた親族に祝福されて、幸せそうに見えた。

「三隅さんには、一家そろってご迷惑かけたようなものですよね。身内のケンカに巻き込んじゃってすみません」

「いえ、そんな」

そもそものきっかけが、フンフンの脱走にまつわることだったのだから、藍と心晴にとっても、いずれ突き当たる問題だったのだ。何も気づかないまま、蓋をして過ごしていた方がずっと怖い。

「こういうのって、必要なことなんだと思います」

「ったく、うちのヘタレお兄も、さっさとはっきりさせちゃえばいいのに。なんなら私が代わりに言ったろか」

吉田はハサミを動かしながら文句を言っている。

――どうしよう。藍はにわかに困惑した。

こういう誤解は、早めに解いた方がいいだろうか。

藍は悩んだ末、椅子に座ってケープに包まれた身ながら、おずおずと片手を持ちあげた。

「あの……吉田さん。ちょっとよろしいですか」

「ん、なんですか？　何か気になるところありますか？」

「そういうわけではないのですが。ただもう、方向性ははっきりはしていると言いますか
……」

語尾は濁り、声も小さくなって、まったくはっきりはしていない言い方になってしまった。

しかし、察しのいい吉田はすぐに感づいたようだ。

「あ、なるほど」

「はい。前向きに善処していく形で、双方の合意が取れたと言いますか」

「いやよかったです。おめでとうございます。お幸せに」

藍も吉田も笑顔で、しかしほんの少しだけ気まずさも漂わせつつ、粛々とカットは進んでいったのだった。

そう。諸処の問題に向き合い、心晴が沖縄から帰ってきた日の夜、藍は心晴に告白された。夢に見た片想《おも》いの成就で、返事に迷いはなかった。

いわゆるお友達から、彼氏彼女へのステップアップだ。藍は受け入れたものの、いまだに自分の頬をつねる時がある。

実際につきあうことへの現実感などまるでないが、こうして夜にかかってくる電話やLINEのやりとりに、重みが出てきたのは確かだろう。

『今日は何してたの？』

「えっと。大学で講義に出た後は、同好会の人と大きな本屋さんに行って、髪も切ってきました」

『ああ、燿里のとこ？　それじゃ今、髪短いんだ』

「はい。軽く整えてもらうだけなので、そんなに変わった感じはしないですけど」

藍はベッドの上でフンフンのマッサージをしつつ、スマホの向こうの質問に答える。

「でも吉田さんに定期的に切ってもらうと、その後のお手入れがすごく楽になるんです」

『いいんじゃないの。今の藍ちゃん、すごい可愛《かわい》いもんな』

うっ。

誰か助けてくれ。こういう時、どう答えていいかわからない。声もなんだか前より甘い気がするし、「いいえそれほどでも」と言うべきか？　あるいは「恐縮です」でいいのか？

「か、可愛くはない……と思います」

『そう？　いやゴメン、前も負けないぐらい可愛かったぞっていうなら、確かにその通りだけど』

すでに藍の中で、褒め言葉の容量オーバーだった。頼むから用量用法の規定を守ってくれ、鴨井《かもい》心晴。

好きな人の好意に気づき、その上で率直に褒められるのは、こんなにも刺激が強いものなのか。

じっとしていても心が落ち着かず、藍はスマホを握りながら、寝そべるフンフンを大きくかき回した。半分眠りかけていた愛犬は、何事だと鳴いて飛び上がった。

『何今の声、フンフン？』

「そ、そうです。それで心晴さん、フンフンのお散歩のことなんですが！」

藍は半ば強引に、話題を変えた。

「だいぶ暑くなってきたので、散歩の時間を変えようと思うのです」

『ああ、早くするんだ』

これはフンフンを飼ってから、例年変わらない習慣だった。この先、気温は上がる一方で、太陽に熱せられたアスファルトは、素足で歩く犬にとって凶器である。特にフンフンのような胴長短足犬は、照り返しの影響を受けやすく、できるかぎり暑さは避けてあげないといけないのだ。

去年も同じようにサマータイムを導入し、散歩は早朝と日没後中心に切り替えた。心晴と週末散歩で会うことも、一時休止した。再開したのは、紆余曲折《うよきょくせつ》も経た晩秋のことだ。すでにすっかり涼しくなっていた。

しかしそれはあくまで関係性が変わる前の話であって、今は違うぞ、と心晴は言うかもしれない。

『確かに今日みたいな暑さだとね。どれぐらい早くするつもりなの？』

「とりあえず気温を見ながらですけど……朝は一時間か、一時間半ぐらい早めにする予定です。夜だけにして、時間を長めにするのも考えているところです」

『んー……さすがにそれだと加瀬《かせ》さんのカフェも開いてないから、俺にはきっついな』

「いえ、ご無理はなさらないでください！」

フォローしつつも、心晴をそこまでつきあわせなくてすんで、少しほっとしている自分がいた。

「でもそれじゃ、しばらく君の顔見れないってことか。それはそれでなんか悔しいな」

自分でもわかりやすいほど、どきりとしてしまった。

『そうだ藍ちゃん。今度こそ遊びに行こうよ、多摩《たま》動物公園。藍ちゃんの試験が終わってからでもさ』

「そ、そうですね」

がくがくと、縦の首振りマシーンになる。

『俺も休み取るから、平日でも大丈夫だよ――』

ともあれそんな話になって、最後はお休みの挨拶とともに通話が切れた。

スマホを耳から離すと、汗がすごかった。

（つかれた……）

彼氏と話すなんて、とても楽しいことのはずなのに、全身の消耗が激しい。

試しに肩を回してみると、風呂上がりとは思えないほどごきごきと鳴った。よっぽど緊張していたようだ。

つきあう前にも電話で話すことはあったのに、ここ最近の身構えぶりはどうなのだと我ながら思う。

まるできたむら動物病院で、相手の名前も知らずに固まっていた頃と変わらないではないか。褒められて頭が真っ白になることや、尻込みすることも勘定に入れれば、よりひどい気もする。

「じゃ、三隅ちゃん、原書講読と語学のまとめはお願いできる？」

「はいっ、なんでしょう」

「なんでしょうじゃなくて。原書講読と語学のまとめ」

「……原書。わ、わかりました。じゃなくて了解。そこは大丈夫」

「必修の概論と情報処理は、こっちに任せて。先輩から過去問仕入れてきたから」

藍は慌てて、気を引き締め直した。ちょうどランチタイムの学食に友人たちで集まって、テストとレポートの対策を話し合っているところだったのだ。

真鍋立夏《まなべりっか》はさすがのコミュ力で、あらゆるところからテスト情報をかき集めてくる。

「乗り切るぞー、初テスト」

「おー」

テーブルにいる全員で、気合いを入れた。なんだかんだと言ってみな学業は大事で、良い成績は欲しいのである。

「無事夏休みになったら何する、みんな」

「あたしは稼ぎます。あとツアーの追っかけ」

「彼氏と北海道行くことだけは決まってる」

「三隅ちゃんも、例の彼とうまくいったんだよねー」

何気なく話を振られて、藍は真っ赤になって慌てた。

好きな人がいるというのは、以前服装の相談をした時に知られてしまっていた。もちろんその後も相談をした仁義として、たまに定期報告をさせられていたのだ。

「そ、そうだけど。でも向こうも忙しいと思うから」

「社会人ったって、高校の先生なんでしょ？　夏休みいっぱいあるんじゃないの？」

「あー、違う違う。教師そんなに休めないって」

「え、そうなの？」

「うちの親が教員だけど、まー毎日普通に仕事行ってたよー。休みだったのお盆ぐらい」

何か藍を置いて、話が弾んでいるような。

四月の頃は自分と比べて『できる』ように見えていた子たちも、こうしてしばらくつきあってみればそれぞれ悩み事はあるし、知らないこともわからないこともあるし、案外中身はそう変わらないのではないかと思えてきた。

（可愛いよね）

しかし、こんな状態で心晴とデートなど、はたして藍の精神が持つのだろうか。はなはだ不安である。

午後の講義も終わって帰宅すると、日が沈んだのを確認してからフンフンの散歩に行く。朝を短縮したぶん、遠くの川口西《かわぐちにし》公園まで足を伸ばすと、闇夜に犬友とその相棒の姿が浮かび上がっていた。

（汰久《たく》ちゃんだ……）

帽子もTシャツも黒い少年が目立つのは、LEDライト付き首輪のせいで七色に光り輝くカイザーがいるからだ。

今は公園中を見回しても、似たような光り具合のゲーミングわんこが沢山いて、一応フンフンもリードは反射素材で周囲の人にわかるようにしてあるが、ここでは地味の部類に入るかもしれない。

挨拶をしようと思ったら、散歩バッグに入れたスマホが震えた。念のため確認したら、心晴からのLINEだった。ちょうど仕事終わりで家に帰るという、なんということもないメッセージである。

だめだ。肩のあたりが重くなっている場合ではない。

本来心晴は他人に対してマメなタイプで、その対象が一人に絞られると、放置よりも頻度が上がるようだ。意味をいちいち精査してしまう藍は、そのたび気持ちが揺れ動いて疲れてしまうのかもしれないと、自分なりに分析をしてみる。

そうなるとこれは、単純に相性が悪いと言わないか——？　考えたらぞくりとした。

「あれ？　来てたんだアィ」

「ねえ汰久ちゃーん……」

「は、何？」

しかし呼びかけたはいいものの、なんと続けるべきかわからなかった。考えてみれば、この少年にはまだ何も言っていないのだ。心晴とのつきあいも、デートの話も。

「その、ね。報告というか、相談というか」

「だからなんなの」

「わ、私。心晴さんと、おつ、おつきあいを」

「は？　聞こえないって。もっとでっかい声で喋《しゃべ》れよ」

藍はフンフンを抱えて汰久のところに寄っていき、やはり小声で言った。

「おつきあいすることになったのです、心晴さんと」

反応を待つことなく、近くのベンチに腰をおろす。

汰久は光るカイザーをお座りさせたまま、きょとんとしていた。

それから前髪の間からのぞく目を半眼にして、皮肉っぽく口の端を引き上げる。

「……へえ、そんで？」

「こ、今度動物園行くことになったんだけど、汰久ちゃん一緒に来る気ない……？　ひゃ」

ペット用のゴムボールを、無言で投げつけられた。藍の額に当たって、ぽこんと明後日《あさって》の方向に跳ね返る。

「なんでそこでそうなるわけ」

「だ、だって緊張して、変なことしでかしそうだから……」

「ケルベロス・グラン・バスター、改！」

「やめて汰久ちゃん、ここでフリスビーはだめ！」

「うっさいウンコ袋投げつけっぞ！」

散歩バッグから、最終兵器を持ち出されてしまった。それだけは勘弁してほしかったので、藍は伏して謝った。

「……ごめんなさい撤回します……」

「ったくよー、そんな行くの嫌なら、つきあうのなんてやめりゃいいのに」

「嫌なわけじゃないんだよ……ほんと」

ただ考えてしまうだけだ。心晴のことが大好きだったのに、いざ向こうから同じ気持ちを打ち明けられて、困惑しきっている自分がいる。

自分と相手を見比べて、後からどんどん出てくる不安材料。こんな自分で大丈夫なのか？　つりあいは取れているのか？　今まできていた会話ですらぎこちなくなって、ますます自信がなくなる悪循環だ。

「心晴さん、けっこう年上だし、社会人だし……キャロルのこともあるし……なんか色々考えちゃって」

「そうやってコハルもぐだぐだうじうじ考えてたけど、吹っ切ったからいいことにしたんじゃねーの？　ちょっとこれ持ってて」

汰久は藍にカイザーのリードを託し、自分で投げたゴムボールを拾いに植え込みへ分け入った。

「つーかさ、はっきり言ってオレから見たら、おまえら似たもん同士だよ」

「え、どこが？」

「いつも『正解』探してぐるぐるしてさ」

植え込みの中でボールを見つけた汰久が、戻ってくると今度はカイザーにボールを投げた。首元を中心に七色に光るカイザーは、見事に口でキャッチする。

藍からカイザーのリードを受け取り、ついでにボールをくわえたカイザーをなでて褒めながら、彼は続けた。

「心晴なんかは先生だからってのもあると思うけど、間違うのがすげー怖いんだ。でもそれってけっきょく誰にとっての正解なんだ？」

「それは……」

「オレにとっての正解は、『おまえらとっととくっつけ、めんどくせえ』だったから、これでよしって思ってるけど。マジでめでたいよ」

藍はあらためて、汰久の顔を見返した。

ある時急に背が伸びて、体ばかりが大きくなった、蔵前さん家《ち》の末っ子君。だが今目の前にある真《ま》っ直《す》ぐな眼差《まなざ》しは、不思議と出会った頃を思い出させてくれた。同時にあの頃とは違うなと感じるところも多かった。

「なんか……ほんと大きくなったよね、汰久ちゃん」

「今さら何言ってんの」

実は体に負けないぐらい、心も成長期にいるのだろう。

追いつき追い越されたことが嬉《うれ》しいような寂しいような、年上の犬友としては複雑だ。

「ううん。もうちっちゃい子扱いはできないね。立派なお兄さんだ」

「べべべべべ」

ふざけて舌を出されることとさえ、気遣いだと思う。

自分は、正解のないものにこだわりすぎているのかもしれない。けれど開き直って誰かを傷つけるのも嫌なのだ。呆《あき》れられるのも怖い。

（精進しなきゃだな）

わがままなこだわりを自覚しつつ、藍はかみしめるように、お礼の言葉を汰久に伝えたのだった。

＊

そうして大学に入って初めての前期試験に挑み、なんとか乗り切ると、夏真っ盛りの八月がやってきた。

言い換えれば九月末までの長い夏休みの始まりであり、藍は近所のクリーニング店でアルバイトを始め、河川敷《かせんじき》にある自動車教習所に通い始めた。

林真菜《はやしまな》のSNSには、きらきらした日常写真に混じって、飼い犬ジロさんの動画がアップされた。

『ジロさん、お手を覚える!』

どこか申し訳なさそうなジロさんのたたずまいと、ひかえめなお手の仕草がどこかで転載されたらしく、今までにない大量のいいねがついていた。もちろん藍も押してコメントした。

加藤凪沙《かとうなぎさ》や真柴容子《ましばようこ》など、高校時代の友達とも久しぶりに会う予定で、絵本同好会の合宿(軽井沢《かるいざわ》にある絵本の森美術館に行くのだ!)も後半に控えており、スケジュール帳は当初の予想よりも賑《にぎ》やかになった。

あとは忘れてはいけない、心晴とでかける約束もある。

寝る前に電話で、当日の打ち合わせをした。

「お昼なんですけど、お弁当を作っていっていいですか?」

『え、お弁当? 藍ちゃんが作るの?』

ベッドの上でスマホを握りしめ、藍はうなずく。

「簡単なものになると思いますけど、それぐらいは……」

『いやー、気持ちは嬉しいけど、八月に手作りは危ないかも』

さっくり断られて、藍は言葉につまった。

――食中毒。参った、正直その危険性は考えていなかった。

屋外のデートなら、お弁当を作った方がいいのではと、単純に思い込んでしまっていたのだが。

（保冷剤いっぱい付ければ、大丈夫かと思ったけど……）

自分のせいで心晴が病院にかつぎこまれるなど、想像するだけで嫌すぎる。却下だ却下。

「わかりました。やめた方がいいですね……」

『今回は中の売店で食べよう。それじゃ、明日そっちに迎えに行くから』

通話が終わると、藍は深々と息を吐き出した。また相手の話を聞く間、ろくに息をしていなかった気がする。

しかしお弁当が却下となると、藍は明日心晴の車に乗せられ、動物園に行って遊んで帰ってくるだけになってしまう。いいのだろうか、本当に。

自分なりに調べてみても、デートの作法など人により様々で、一円単位で割り勘する人もいれば、可愛《かわい》くにっこりしていれば女子はいいのよと言い切る人もいる。

（可愛くにっこり……）

藍は眉間にしわを寄せ、壁にかけた明日のコーディネートをにらみつける。

可愛いかどうかは自信がないが、せめて恥ずかしい格好はしないようにと、服装はかなり考えた。涼しい色のワンピースに、日よけの帽子。心晴からお土産で貰《もら》った、ガラスのイヤリングもつけるつもりだ。鞄《かばん》は夏らしい籠バッグ。足下は新品のスニーカーを用意した。

「こ、こらフンフン、紐《ひも》食べないで!」

床に靴を置いていたせいで、大喜びでくわえて遊ぶフンフンの、よだれがついてしまった。

(もー!)

我ながらしまらない人間である。深夜ながら靴紐《くつひも》を洗濯してから、眠りについた。どうか朝には乾いていますようにと、布団の中で三回唱えた。

幸いにして、起きたら靴紐は乾いていた。

考えていたコーディネートで身支度を終えると、心晴から『家の前まで来たよ』のLINEが来た。

「それじゃ、行ってくるねフンフン」

「いいわねー、フンフン。この子デートに行くんですって。私たち置いて」

「ちょっとお母さん、人聞きの悪いこと言わないでよ！」

「いいもんねー、夕方になったら一緒にお散歩に行きましょうね。ワーイ、ママダイスキー」

腕に抱いたフンフンに話しかけ、変な小芝居まで始めている。正直かなりうっとうしく、

「いってきます！」と家を出た。

よく晴れた明るい日差しは、今日一日の好天と気温の上昇を予感させた。外構の前に、停車中のパッソを発見する。藍は小走りで駆け寄った。運転席に、ラフなTシャツとパンツ姿の心晴がいた。髪を下ろしているからか、いっそうカジュアルな休暇の雰囲気が漂う。

「お、おはようございます！」

「おはよう。朝ご飯ちゃんと食べてきた？」

助手席に乗り込むと、まずそれを聞かれた。

「はい、いただきました」

「よし。今日も暑くなるから、朝ご飯は大事だ。出発進行！」

指さし確認してから、車が走り出す。

「いやー、なんか俺浮かれてるね。めちゃくちゃ楽しみにしてたから」

運転しながら喋《しゃべ》る心晴は、声も表情も含めて確かに明るくて、藍の気分も上向きにさせてくれた。

スマホ越しにあれこれ気を揉《も》むよりも、ちゃんと会った方がいいのを実感する。

「私も楽しみでした」

「よしよし、嬉しいね」

きっとこれから、楽しいことがあるのだと。

首都高の川口線から中央自動車道に入り、車は一路西に向かった。幸い目立った渋滞にも行き当たらず、一時間半ほどで現地の有料駐車場に到着した。

緑に囲まれた入場門で藍たちを迎えたのは、本物と見まごうばかりの巨大なゾウの像である。

「大きなゾウ……」

「ねえそれ、洒落《しゃれ》じゃないよね」

「べ、別にそういうわけじゃ」

事実なので、そう言うしかないだろう。ゾウの像は、おそらく等身大だ。開園までの数分間、都心よりも主張の激しい蟬《せみ》の声をＢＧＭに、入場を待つ他の客と一緒に長い鼻を見上げて過ごした。

そして午前九時半、いよいよ開園の時刻だった。藍たちは人の流れに乗って、入場ゲートをくぐった。

「さて、どういうルートで行こうかな」

「なんだか広そうですね……」

入ってすぐに緩い上り坂が始まり、その先に展示施設が点在しているようだ。

心晴はメインストリートから枝分かれした、緑深い小道を選んで歩き出した。

「混んでくる前に、オオカミだけは見といた方がいいよね。こっち」

もともと多摩地区で育っているとあって、詳しい地図は見なくとも頭に入っているようだ。

しかし、いざ歩き出すと長かった。

木々が多くて日陰があるのはありがたいが、日光《にっこう》のいろは坂《ざか》を思わせるヘアピンカーブの坂をくねくねと登り続け、いっこうに目指すオオカミの姿が見えてこない。心晴から離れないようペースを保って歩いているが、本当にここは動物園なのか不安になってくるレベルだ。

「あ……あんなところに本物のゾウが……」

「あとであっちも行こうね。もうちょっとでオオカミ舎だよ」

遙《はる》か坂の下に、豆粒サイズでゾウの背中が見えた。いつの間にこんな山登りをしてしまったのだ。

それにしても、まだ登るのか——。

檻《おり》のおの字も見えない林道が延々と続く時点で、藍はこの施設の広さを舐《な》めていたのだと思う。都心で平坦《へいたん》な土地に開けていた上野《うえの》動物園などと、同じ気持ちでいてはいけないようだ。

「ほら、ついた」

——やっとついたか。

ペットボトルの水を飲み飲み、目的のオオカミ舎にたどりついた。

開園と同時に一直線でここを目指した人は少なかったようで、あたりに人の姿はなく、藍と心晴が一番乗りだった。

岩場や森を再現した運動場に、それらしい姿はない。

「お休みなんでしょうかね……」

「運動場にいない時は、寝室にいるってさ」

案内の通り、隣の寝室を覗《のぞ》いてみた。

格子のはまった部屋の中で、大きな灰色の獣がうずくまっていた。寝ていてもピンと伸びた三角の耳に、長いマズル。全体の骨格は野生種だけあってがっしりしており、日本犬のように尾は巻いていない。体高もかなりあるようで、大きいと思っていたバーニーズ・マウンテンドッグのカイザーより、さらに一回り大きいのではないだろうか。

これが噂《うわさ》のオオカミなのか――。

「タイリクオオカミはね、棲《す》む場所によっていくつかの亜種に分かれてて、ここにいるのはヨーロッパに暮らすヨーロッパオオカミだって」

「日本のオオカミは……」

「絶滅したね、残念ながら」

今、野生種のタイリクオオカミは数を減らしつつも、北半球のロシアやアラスカなどを中心に生息しているらしい。

『Café BOW』で聞いた、加瀬や心晴の話を思い出した。このオオカミたちと人間が少しずつ近づいて、やがて人間を嫌がらない家畜種としてのイエイヌが誕生したのだ。

藍は思わず目を細める。

「可愛い……なんか本当に犬の親戚って感じしますね」

厳しい氷河期を生き抜き、北半球で最も成功したイヌ科の野生種のはずだが、こうして寝床で伏せをしている姿はおとなしくて、獰猛《どうもう》な印象はまるでない。むしろフンフンやカイザー、ジロさんのような飼い犬と血が近いと言われて、納得してしまう愛らしさがあった。

しかし藍が見ている前で、そのオオカミが上体を起こして立ち上がった。

天井を向き、長い長い遠吠《とおぼ》えを始める。

(――!)

その衝撃と言ったら。まるでオーケストラのホルンのような、まろやかでよく通る美声に胸を打たれた。

音量と響きの迫力に圧倒され、一瞬抱いた『でっかいワンちゃん』の印象は、あっという間に吹き飛んだ。

「すごい……」

「イケボだわマジで」

森の王者である野生のオオカミは、この遠吠えで縄張りを主張したり、仲間と連絡を取り合ったりするらしい。

実際その声はオオカミ舎を離れてもクリアによく聞こえ、人里離れた森や山で、彼らの姿なき遠吠えを聞いて震えあがるというのも無理からぬ話だった。

運動場に移動した彼らが、さっそうと岩場を駆けていくのも見届けた。

「どう？　藍ちゃん」

「王様でしたね……」

半ば夢見心地につぶやいた。

確かにタイリクオオカミは格好いい。北の大陸で最も成功した、イヌ科の王者なのだ。

灰色のしなやかな姿とともに、遠吠えの美しさもきっと忘れないだろう。

「次は――モウコノウマだね。モウコの馬じゃなくて、モウコ野馬《のうま》。オオカミと一緒で、家畜化してないウマの野生種だ」

そんな貴重な方にも、お会いできるのか。

実際茂みを曲がった先の柵では、ずんぐりとした優しい顔立ちの馬が何頭も木陰で涼んでいて、その存在感と毛並みの美しさに見入ってしまった。

「モウコってことは、モンゴル生まれなんですよね……」

「そう。草原の馬だよ。家畜のモウコウマとはまた別でね、野生の群は一回絶滅したとも言われててさ、今は飼ってた個体の子孫がまた野生化してるんだって」

「なるほど……」

「まず名前がややこしいよね」

もしかすると、自分は大変な施設にやってきてしまったのかもしれない。貴重な原種や野生種に、ぽんぽんお会いできてしまうとは。

――というより、心晴と一緒に来たおかげで、見るものの解像度が上がったのかもしれない。藍は今隣にいる、彼氏と呼べる人を見上げた。

動物園には子供の頃から何度も来たことがあるが、ゾウやパンダのような花形の動物ではなく、イヌやウマのルーツに会ってこんなに面白いと思ったことはないのだ。

全部この人のおかげ。しかも、藍のことが特別に好きだという。

向こうが藍の視線に気づいて、にこりと笑みを作った。

「どうかした？」

「い、いえ……」

つい目を伏せてしまう自分は、意気地なしの臆病者だ。この感動を、ちゃんと心晴に伝えればいいのに。一言で言うなら自分は今、体中の毛穴が開くぐらいに楽しい思いをさせてもらっているのだから。

その後はレッサーパンダやユキヒョウの愛らしさにハートを射貫《いぬ》かれ、頭上のロープを器用に伝っていくオラウータンの美技に見惚《みと》れと、藍自身の口数の少なさに反し、脳内テンションと幸福度は上がる一方であった。

　コアラ館で人混みの間を縫ってコアラを鑑賞した後、冷房のきいた休憩所でランチを食べた。

「……どうよ藍ちゃん、見た？」

「見ました」

「コアラってのはもう……」

「丸くてふわふわで……」

「尋常じゃなかったね……いいのか野生動物があんなんで……」

　お互いしみじみしながら、売店で買った軽食を食べる。まだ脳裏に、コアラの丸いお尻や背中のシルエットが焼き付いている。

　ちなみに藍が頼んだのはあんかけ焼きそばで、心晴はラーメンだ。彼のトレイに載ったラーメンは、多摩動物公園オリジナルの海苔《のり》がついてきて、少しうらやましかった。味は普通の醤油《しょうゆ》ラーメンらしい。

「これでだいたい半分ぐらい回ったのかな」

「半分……」

　すでに地球一周した気分であった。

「本当に広いですよね、この動物園」

「まだまだ。チンパンジーとかキリンとか、アフリカ系の動物は手つかずで残ってますよ」

言われてみればそうだった。お腹《なか》いっぱいになっている場合ではない。

食事が終わると、互いにトレイを持って立ち上がる。

「貸して。一緒に持ってくから」

「あ、いいです私が――」

そこで藍は、小さな違和感を覚えたのだ。

なんだろう。右のかかとがちょっとこすれて痛い――ような気がする。

「藍ちゃん？」

「いえ、大丈夫です。私が片付けますから」

気にするほどのことではないと、思い直した。心晴と一緒の楽しいこの時間に、水を差したくなかったのだ。相手のぶんのトレイもまとめて、カウンターに持っていった。

表に出てから、藍はこの選択を強く後悔するはめになる。

＊

いわゆる多摩動物公園は、武蔵野《むさしの》の起伏に満ちた傾斜地を活《い》かした、独立性の高い展示が特徴である。良く言えば広々として変化に富み、悪く言えば一つ動物を見るたび移動を強いられ、坂道を上ったり下りたりする運命が待ち受けているわけだ。

アフリカ園の目玉の一つ、ライオン見学バスに揺られながら、藍は内心蒼白《そうはく》になっていた。

（ど、どうしよう……）

ここに来て、足のかかとが本当に痛い。これは気のせいではない。

「お、見て藍ちゃん。あの雌ライオン、腹出してヘソ天してるよ。こう見ると、でっかくても猫の仲間だなー」

バスの外を自由に歩くライオンを指さし、隣の座席の心晴は大喜びしているが、藍はそれどころではなかった。

コアラ館の売店で覚えた違和感は、後半に入ってさらに園内を歩き回ったせいで、はっきりとした痛みに変わっていた。

見学バスがエリアを一周し、バスステーションに戻ってくる。扉が開けば自分の足で歩かねばならないが、うっかりすると顔をしかめそうになる痛さだ。

「いやー、おもしろかったね——」

「あっ、あの」

「なに？」

「も、申し訳ありません心晴さん。ちょっと私、お手洗いに」

「そう？　気をつけてね」

出口の近くにトイレを見かけたので、半ば強引に駆け込んだ。

個室に入って、あらためて痛い方の靴と靴下を脱いでみる。

「……あーもー、ばか……」

思わず眉間をおさえた。どう見ても靴擦れだ。かかとの皮がむけている。

悔やんでも悔やみきれなかった。どうしてこんな靴を——いくら歩きやすいスニーカーでも、新品の靴など履いてくるものではなかったのだ。

園内の救護室に助けを求めるのは、大げさすぎて気が引けた。応急処置用の絆創膏《ばんそうこう》が手に入らないか、トイレの個室で『多摩動物公園　絆創膏』『動物園　グッズ　絆創膏』と検索しまくる人間になった。しかし、なかなか目当ての情報に行き当たらない。

（旭山《あさひやま》動物園と天王寺《てんのうじ》動物園には、絆創膏のオリジナルグッズがあった……！）

だが北海道と大阪は遠すぎる。それ以前に脱線しすぎだ。これはなんの意味もない豆知識である。

他にどうすることもできず、これ以上個室にこもっているわけにもいかず、自分が進退窮まっていることだけはよくわかった。とりあえず靴紐《くつひも》をゆるめに締めなおして、かばいながら行くしかないのだろう。

表で長いこと待っていてくれた心晴のため、藍は精一杯の笑顔を作った。

「すみません、お待たせしました！」

「いいよ。この後どうする、まだニホンザルとか見てなかったよね」

――坂か。また坂か！

一瞬口元が引きつりそうになったが、嫌だなど言えるはずがない。粛々と心晴の後をついていった。

サル舎とキジ舎、昔話なら桃太郎のお供をしていたコンビなどを順番に見て回った後は、さらなるコンプリートを目指し、園内の橋を渡って昆虫生態園に行った。

ここはドーム状の大きな温室の中に、ブーゲンビリアやアメリカデイゴのような南国の植物と、千匹以上の蝶《ちょう》が放し飼いになっているという。

嬉々《きき》として写真を撮りまくり、生き物を前に楽しそうに喋《しゃべ》り続ける心晴を見るのは好きだし、解説の内容もきっと興味深いはずなのに、全神経が靴擦れに集中し、頭の中が『無理』の二文字で埋まる自分がとても嫌だ。

がんばれ。これぐらい我慢できるだろう。別に捻挫したわけでも、骨が折れたわけでもないのだから。

ひたすら忍耐の二文字を言い聞かせていると、カシャッというシャッター音が耳元で響き、肩を叩《たた》かれた。

「見て。藍ちゃんの新作アクセ」

心晴がスマホの画面を見せてくれた。今かぶっている帽子のてっぺんに、綺麗《きれい》なオレンジ色の蝶が三匹もとまっていた。

「……蝶ですね」

「今もいるよ、スジグロカバマダラ。めちゃくちゃ似合ってる。可愛《かわい》い可愛い」

笑うでも驚くでもなく。我ながら薄い反応になってしまった気がする。

心晴がこちらを案じるように言った。

「藍ちゃん、虫苦手ってわけじゃないんだよね」

「はい、幼虫が沢山とかじゃなければ、だいたいは……」

一応、この施設に入る前に、心晴にも本物の蝶が沢山いるけど大丈夫かと確認されたのだ。藍は問題ないと答えた。蝶は綺麗で好きだからと。

その割にこちらの反応が芳しくないので、心晴も心配になったのだろう。

「この中もけっこう蒸して暑いよね。一度出て休憩しようか」

「いえ、大丈夫です」

「本当？」

温室の出口を見ながら言われても、素直に喜べない。

第一そんなに何度も休んでも、意味はないのだ。ただ足が痛いだけなのだから。

片方の足をかばいながら、施設特有の起伏に富んだ地形を歩いているせいで、もう片方の足もじんじん痛むようになってきた。座っている時は良くても、歩き出せばまた痛いに決まっているのである。

しかし心晴の顔が目に見えて曇るから、どうしていいかわからなかった。

（もうちょっとで全部回れる……あとは車で帰るだけ）

見逃してくれないだろうか。あと少しなのに。

「いや、やっぱり顔色悪いよ。ちゃんと休もう」

「……違うんです。疲れたわけじゃないんです。ただちょっと……」

「ただ、何？」

「……履いてきた靴が、あんまり合わなかったみたいで……」

美しい南国の花が咲き乱れ、色とりどりの蝶が舞う夢のような空間で、藍は渋々白状するしかなかった。

我慢できると思ったのに、情けない告白である。

「もしかして、靴擦れ？」

藍は身がすくむ気分で、首を縦に振った。

「ごめんなさい。ゆっくり歩いてくれれば、歩くことはできますから」

「だめだよ。そういうのは、もっと早く言ってくれないと。とにかく出よう。もうちょっとだけがんばって」

心晴はすぐに藍の手を取り、かばうように温室の出口まで連れ出してくれた。

目についた日陰のベンチに、藍だけを座らせた。

「いつから痛かったの？」

言いながら背負っていたリュックサックの、ファスナーを開けた。中から絆創膏と消毒薬のセットが出てくる。

「持ってるんですか、絆創膏と消毒薬……」

「うん、簡単なのは一通りね」

　こちらは一つも持ってきていなかったものだ。

「生徒の引率で、必ず誰かはやらかすから、いつも荷物には入れてるんだよ。痛いのは右？　左？」

「りょうほうです……」

　蚊の鳴くような声になってしまった。

　目の前で靴と靴下を脱ぎ、あらわになった患部に心晴が顔をしかめる。情けなさに頬が熱かった。

「まずは消毒しようか」

「大丈夫です。自分でやれますから……」

　心晴の手から消毒薬を奪うように取り上げて、自分のティッシュで消毒をするけれど、今さら自己管理できるように見せても遅いだろう。

「すみません、本当にこれじゃ、心晴さんの生徒と一緒ですね……」

　浮き足だってはしゃいだあげく、足ばかり引っ張って、ちっとも恋人らしくない。心晴の彼女にふさわしくない。

「――いや、俺の方こそごめん。こんな言い方しちゃだめだな。気づいてあげられなかったのは俺なのに」

「そんなことないです」

「あるんだよ。勝手に浮かれて、君に見せたいものしか考えてなかった」

心晴が藍の横に、腰をおろした。

周りの木立からは蟬《せみ》の声が響き、目の前を子供たちが走っていく。

昆虫館前の広場に飾られたバッタのオブジェは大きな大きな銀色で、ここで見ていると夏の光を照り返して涙が出るほどまぶしかった。

どうしてこうなったのだろうと、考えるほどに言葉が出てこない。

途中まではすごく楽しかったのに。やっぱり靴を間違えたから。絆創膏を自分で持ってこなかったから。不毛だなと思うのに、自分で自分を責めるのを止められない。

「……汰久ちゃんが、私たち正解ばっかり気にしてるって言ってました……絶対に間違いたくないところがおんなじだって……」

「何気に痛いとこ突くよな、あいつ……」

藍は心晴の顔を見る勇気がなかったが、彼が膝の上で指を何度も組み直しているのはわかった。頭の中の考えを、整理している時の癖に見えた。

「あのさー、藍ちゃん。これ完全に俺の戯《ざ》れ言《ごと》なんだけど、聞いてくれないかな」

「……なんですか？」

「俺たちの立ち位置って、最初っからこれだったよね」

「これ？」

「ここ。こうやってベンチに座って、横に並んで、自分のペットの名前を呼ばれるのを待ってる、ただの犬飼いと猫飼い的な。どっちが上ってわけでもなくて」

目の前の視界と重なるように、動物病院の待合室が思い浮かんだ。

週に一回、たまたま用事があって、同じ場所で会うだけの関係だった。手持ち無沙汰のあまり、生まれた雑談。からかったりからかわれたり。その中で相手のことを知り、足りない部分を想像し、結果として次の診察日が来るのが待ち遠しかった。

「俺はあの時間がけっこう好きで、あそこにいる俺は美園《みその》の教師じゃなかったし、君ももちろん生徒じゃなかった。ベンチで横並びに授業する先生なんていないだろ」

それは確かにそうだ。

心晴は藍と目が合い、もとから童顔気味の顔を、少年のようにほころばせた。

「だからなんて言うかな。俺としては、藍ちゃんとはこの位置で仲良くやっていければ、最高に幸せだと思うんだよ。もしこの先別の関係を作るにしても、それは相談しながらでいいし、焦る必要なんてない……って自戒もこめて言いたいんだけど、どうかな」

どう思うって？

こんな提案をしてくれる人は――。

「はい、私もそう思います」

――最高に素敵だと思う。心から。

ここから始めよう。怖がる必要も、身構える必要もないとあなたが言うのなら。ただ隣にいることを楽しめたなら。

「あ、でもせっかくつきあったんだから、俺から一つだけ注文してもいい？　俺にも汰久の時みたいに、ため口きいてほしいんだけど」

心晴のリクエストは、藍にとっては不思議なものだった。しかし、そこまで言うのなら善処した方がよさそうだ。

「わかった、心晴君」

心晴がいきなり両手で顔を覆ったので、びっくりした。

「こ、心晴君？」

「……かー、なんだそりゃ。破壊力すごすぎだろ。おかわりいい？」

一人でもだえているのがおかしくて、藍も声をあげて笑ったのだった。

【三隅フンフンの場合】

——そんな感じで。犬飼いと猫飼いのご主人たちは、両想《おも》いでつきあいだしたわけである。

「いい、フンフン。よく見てね、今からこれを投げるよ」

ＯＫ。了解だよ藍ちゃん。いつでもスタンバイだよ。

本日の藍は、オーバーサイズの長袖シャツに、デニムとスニーカーをはいて、一見して男の子のような格好だ。ショートカットのふわふわの髪が、横風になびいている。

芝生にお座りするフンフンの目の前で、真剣に投球のポーズに入る。まずは大きく振りかぶって——投げた。

（行くぞ！）

フンフンは伸びるリードをつけたまま、青空に飛んでいくボールの軌道を素早く追った。ワンバウンドで芝生に紛れたボールも、色が明るいのですぐに発見できる。

口でくわえたところで、藍から『戻れ』コールがかかる。言われなくても行くよ、藍ちゃん！

（走れ、走れ、どんどん走れ）

しゃがんで待ち受けるご主人のところに、ボールごと飛び込んでゴール！

「よーし、できたあ！　上手上手！」

抱きしめて頭をなでられて、フンフンは天にも昇る気持ちになる。

そのまま藍に抱っこされて戻る先が、鴨井心晴の座るレジャーシートでも、まあよしとするのだ。

「うまくなったじゃん」

「心晴君がくれたボールのおかげだよ」

藍は心晴の横に、フンフンごと腰をおろした。

暑かった夏が終わると、今度は葉っぱが色づく秋の季節がやってくる。

今いるここは、お隣の市にある秋ヶ瀬《あきがせ》公園だ。荒川河川敷《あらかわかせんじき》の遊水池を整備して作った広い緑地公園で、自然豊かな敷地の中に池や林、芝生の広場があちこちにあった。フンフンは以前にも、心晴の運転で遊びにきたことがある。

藍が十一月の今になってようやく運転免許を取得したので、今度は心晴のパッソではなく、レンタカーを借りてここまで運転してきたのである。

彼女は木陰でため息をつく。

「フンフンはうまくなったけど、私が……」

「ここの駐車場なら、車庫入れやり放題だから。もうちょっとがんばろうか」

「縦列嫌い……」

半分は、藍の訓練のためにやって来たようなものだ。

ハンドルを握っている時の藍は、終始鬼気迫る匂いが出ていて、フンフンですら容易にちょっかいをかけづらかった。また帰りもあれをやるとなると、大変だ。

「とりあえず藍ちゃん、お腹《なか》すかない？」

こういう時の心情の提案は、いつもちょっとずれて、とぼけているなと思う。からかいたがりの気があるので、半分わざとかもしれない。

「……すいた」

「お、いいね。食べよう、お昼」

「お弁当の出番だ」

藍がフンフンを地面におろし、レジャーシートに置いていた保冷バッグを引き寄せた。中から弁当箱を取り出す。

朝から家で大騒ぎしながら作っていたのを、フンフンは知っていた。

「今日のおにぎりはポークと卵、鮭《さけ》とアボカド、焼き肉レタスの三種類で、おにぎらずにしてあります」

「ここにコンビニで買った唐揚げと、スティックサラダを追加」

「フンフンにも、お水とおやつをセット」

てきぱきと準備をすすめ、ウエットティッシュで手を拭いてから、「いただきます！」

と食べはじめた。

こちらもご相伴にあずかり、もぐもぐとジャーキーをいただく。

木陰に並んで弁当をぱくつく二人は、もう何ヶ月もこんな調子でのんびりしていて、フンフンが知るかぎりろくに手も握っていないのではないかと思う。

「おいしい？」

「米と茶。コンビニチキンの塩気。これが最高じゃなくてなんだろう」

「お天気もいい感じでよかったね。お弁当持ってこれたし」

「まったくだ」

本人たちはそれで不満もなさそうで、フンフンの方が拍子抜けしてしまうぐらいだ。

待合室のベンチから先の立ち位置は、焦らず二人で探していくのだと言っていた。きっといつかは見つかるのだろう。

もう、ヒントぐらいは見つかったかな？

風も適度にぬるくて気持ちがよく、こちらもついついのんびり時空に巻き込まれて、居眠りしてしまうのがたまにきずだ。

（ねむみがすごい……）

いかんいかん、いくらなんでもお外で油断しすぎ——。

「次はもっと遠くに行ってみたいな」

「どこにする？　海？」

「フンフン、海見たらびっくりするかも」

自分の名前に反応して、フンフンは薄目を開けた。二人がついでのようにキスをしていたので、また瞼《まぶた》を閉じて見ないふりをした。

まあいいよね。ここ広いし。木に隠れなくても人間いないし。

こういう日もあるさ。

おまけのお話　鴨井さん家の十年後

【勇者フンフンの場合】

ピンクと水色のマーブル模様の空に、ふわふわのちぎれ雲が浮かんでいる。

アイスクリームのコーンをひっくり返したような尖塔《せんとう》と、白亜の壁とガラスでできたその城は、この世のありとあらゆる骨とキラキラを集めた、犬のためのお城だ。

フンフンは勇者として、たまにお城に呼び出されて王様と話をする。

「……で、どうなの勇者フンフン。最近うまくやってる？」

犬界を統べる犬の王様は、お鼻のつぶれたパグ犬だ。お城のバルコニーでひなたぼっこをしながら、金のスリッパを嚙《か》み嚙みしている。

王様に呼ばれたフンフンも、おつきあいで銀のスリッパを嚙み嚙みする。

「まあ、ぼちぼちやってますよ」

「ほんと？　慣れて手癖が出ちゃってない？　ちゃんと昔みたいに、『ないすあしすと』狙ってる？」

「しつこいですねえ」

王様は、噛んでいたスリッパから口を離し、パグ特有の大きな目玉でフンフンを凝視した。

「増えたもんじゃの、そなたの勲章も」

今もこちらの首輪に下がる、数々のメダルのことを言いたいらしい。

確かにいつのまにか増えていた。お城の廊下や階段を歩く時に、意識しないと首が下がって歩きにくいぐらいだ。

「一番初めのはなんじゃったかの、診察カード事件か？」

「そうですね、たぶん。植え込みの診察券を見つけて、オーダー・オブ・ワンダフルを貰《もら》いました」

「一等光るでっかいのは……就活事変の時のか」

「いやー、これは式場で指輪紛失の時のやつですね」

「危うく破局の危機であったからの」

フンフンはメダルの光沢ある表面をなでながら、そこで起きた出来事に思いを馳《は》せる。

刻まれた日付と事件名を思い返すだけで、その時の匂いや音も蘇《よみがえ》ってしみじみしてしまう。本当に色々なことがあり、そのたび主人を思って行動してきたが、今となってはみな懐かしい。

「全部過去のことだと思っとらんか、勇者よ」

ちょっとぎくりとした。

「油断は禁物じゃよ。今日明日にも、大いなる災いが降りかかるやもしれん」

「そ、それは……王様の予言ですか?」

「さあ。わしにもわからん。とりあえずラッキーアイテムはカタツムリじゃ」

わからんのかー。

「そう言われても……ボクも前みたいに動けるかは、自信ないですよ」

「なんのなんの。まだまだ現役じゃろ。それじゃ勇者よ、時間じゃから次の勇者を呼んできてくれんか」

おざなりにバイバイされた。

犬の王様もつきあいが長くなると、色々なあなあになってよくないと思う。

フンフンはメダルで重くなった首をよいしょと持ち上げ、ドアの向こうでお座りをしている、新米ドーベルマン君を呼びに行くのだった。

（なんだかなー）

フンフンは、犬用ベッドの上で、ぱちりと目をさました。

お城で噛んでいた銀のスリッパは、現実においてはお古のボロスリッパに置き換わる。閉まったカーテンの隙間から、朝日の明るい光がスリット状にさしこんできていた。フンフンがその場で前脚、後ろ脚と伸びをすると、ストレッチは完了だ。

てけてけとフローリングの上を歩いて、人間用ベッドの前までやってくる。

（よっこいせ）

上に飛び乗るのは、最近ちょっと骨なので、前脚だけベッドにかけてワンと鳴く。

ほら藍《あい》ちゃん、起きて！　朝だよ！

「……………あー、フンフン……」

しばらくすると、布団の中から手がのびてきて、こちらの頭を優しくなでる。手探りでほっぺなんかもなでてくれる。舌でなめ返すとくすくす笑い、ようやく起き上がって、

「わかった、起きたよフンフン」と朝の挨拶をしてくれた。

どうだ、これが藍ちゃんだ。寝起きのむにゃむにゃした顔すら愛らしい、フンフンの大

好きなご主人様だ。嬉《うれ》しさと誇らしさで、フンフンは尻尾を千切れんばかりに振った。

そう――たとえ藍の後ろで、もう一回り大きい人間の男が悲鳴を上げて飛び起きようと、不快に思ったりはしない。またかよと思ったりするだけだ。

「プー子、おまえな、少しは遠慮しろ！」

無言で寝所に忍びこみ、主人のアキレス腱《けん》を噛んでのけたブチ猫は、きらきらと澄んだ瞳で訴えた。

『ご飯皿が空っぽです。おいしいご飯を要求します。早く用意してください』

人間の男が、ため息をついた。

「俺も藍ちゃんみたいに優しく起こされたいわ……」

「しょうがないよ、心晴《こはる》君に甘えてるんだよ」

このぼさぼさ頭の眠そうな男は、鴨井《かもい》心晴。藍のパートナーで、結婚相手だ。

藍が大学生の頃から延々つきあって、一昨年ようやく結婚したので、遅すぎるぐらいだろう。優柔不断で煮え切らないところは昔と変わらないというか、筋金入りだとフンフンは思う。

こちらはやきもきしながら見守り続け、気がつけば十四歳の『おじいワン』だ。

今のところカリカリのフードがシニア向けになり、焦げ茶色だった鼻面の周りに白いものが混じりはじめているが、それ以外はまあまあ元気だと、新しい動物病院の先生にも言われている。

二人が寝室を出ていくのにつきあって、フンフンも後に続いた。

リビングにはソファセットと、窓際に天井まで突っ張るタイプのキャットタワーがある。

タワーの中段に餌皿が置いてあり、心晴はそこに猫用のカリカリを継ぎ足した。すぐにさきほどのブチ猫がやってきて、餌を食べはじめた。

フンフンのご飯は、たぶんこの後の散歩が終わってからだろう。

タワーを登れないフンフンは、ステップから垂れる、長い尻尾を見上げて言った。

『あんまり人間に噛みついたりとか、しちゃいけないんだよ』

『お説教はけっこうです』

つんと顎を持ち上げ、プー子。

『ちゃんと手加減はしてますもの。プー子にご飯をくれない、心晴がいけないんです』

一緒に暮らしてますます思う。猫って不思議だ。

（ほんと生意気になっちゃってまー。こないだまでミャーミャー言ってたのに）

前脚で顔をぬぐうこの猫には、十年以上前のことを持ち出すなと言われるかもしれない。

高いところにいるプー子はひときわ強気で、そんな彼女も地上に降りれば、フンフンの牙や吠《ほ》え声の影響からは逃れられない。このあたりの微妙な力関係は、同居において大事なことだった。

藍と心晴が結婚する時、二人はかなり知恵を絞ったそうだ。藍の飼い犬のフンフンと、心晴の飼い猫のプー子を一緒に飼うのは譲れないことで、ならばどうすれば楽しく暮らせるかと。

まず不動産屋を何軒も回って、小型犬一匹、猫一匹を許容してくれる賃貸マンションを見つけ、さらに異なる動物同士でケンカを避ける間取りを考えた。

具体的にはトイレと食事の場を分け、縄張りもワンフロア内で分散させた。

主に地上をメインに暮らすフンフンと、キャットタワーや棚の上を根城にするプー子とで、余計な接触を避けストレスを減らす作戦である。

こちらもプー子が子猫の頃から知っているので、いきなり知らない猫と同居するよりは、トラブルは避けられていると思う。しかし、かくも感覚の違いはいかんともしがたいので、棲《す》み分《わ》けの気遣いはありがたかった。おかげで落ち着いてごろごろできるし、気が向いた時だけ、適度な距離で仲良くできる。

仲良くしているとどうなるって？　だいたい人間が喜ぶね。

「心晴君ー。朝ご飯作ってる間に、フンフンのお散歩お願いできる？」

出勤着のサマーニットの上からエプロンをつけた藍が、キッチンから声を張り上げた。

彼女は六年かけて心理学の勉強をした後、公認心理師として県内の病院に勤めていた。

心晴は相変わらず美園《みその》学院で、生物の先生をしているらしい。

「了解。それじゃ行くぞ、フンフン」

心晴が散歩バッグとリードを持って、近づいてくる。

藍や三隅《みすみ》家の人間以外に手綱を握らせるのも、フンフンとしては慣れるまで大変だった。今はまあ、半分諦めの境地だ。藍一人にフンフンの世話をさせるのは忍びないし、そうなると残りはこの男しかいないのである。

パチンとリードを取り付け、ペットゲートの先にある玄関へ。

「いってきます」

食べるものを食べ、キャットタワーで高みの見物のプー子が、ゆらゆらと尻尾を揺らしながらこちらを見ていた。

さ、行くか。


エレベーターで一階に降りる間、フンフンは人間に抱っこされている必要がある。

これはマンションで暮らす犬の、欠かせないお約束らしい。狭い籠の中で、フンフンは心晴に抱かれるのも耐える必要があった。

「あら、鴨井さん。おはようございます」

「おはようございます。いただいた桃、めちゃくちゃおいしかったです」

「いいのよう、またお裾分けさせてね。フンフンちゃんもいい子ね――」

さわやかな新婚の旦那さんとして、鴨井心晴の評判は上々のようだ。そんな奴に抱かれるフンフンもできるかぎり目をきらきらさせ、一家の好感度アップに貢献するようにしていた。

ちなみに二人が結婚後に暮らしているのは川口《かわぐち》市ではなく、お隣のさいたま市だ。JR北浦和《きたうらわ》駅が最寄り駅で、これは藍と心晴の勤務先を鑑みた結果らしい。

家賃と駐車場、ペット可など条件の兼ね合いもあり、決まったマンションはかなり古めだ。しかし周囲は落ち着いた住宅街で、駅の近くに大きな公園もあり、散歩先に困らないところも決め手になったそうだ。

その日もフンフンは、心晴に連れられ北浦和公園に向かった。

公園の中は池や噴水、県立美術館があり、心晴が立ち止まって看板を凝視している。

「……おー、新しい展示が始まるのか」

まわりの植え込みにも美術品のオブジェや銅像が多く、なんとなく昔よく散歩した川口駅前の公園を思い出す場所だ。

いいからほら、止まってないで進みなよ。フンフンは咳払《せきばら》いがわりに、鼻を鳴らす。

『ほら！』

「わかったわかった。そんなに急《せ》かすなよ」

ようやく心晴が歩き出した。

まったく。のんびりしていたら、朝ご飯の時間に間に合わなくなってしまうではないか。藍の手作りご飯をいただくありがたさを、最近忘れていないか？

「世の中わからないもんだよな。俺が毎日犬の散歩する日が来るなんて」

それはこちらの台詞《せりふ》でもある。犬に嚙《か》まれるのが怖くてぶるぶる震えていたくせに、家では猫にがぶがぶ嚙まれて尻に敷かれていたなんて、同居するまで知らなかった事実だ。

それでも藍のために苦手を押して近づいてきて、藍を大事にすると言うから仲を認めてやったのである。

二人が結婚式でかわした誓いの文句を、フンフンはしっかり覚えている。ちょうど六月の今頃だった。こちらもリングボーイならぬ、リング犬として参加したのである。

（ん？　ってことは？）

フンフンは、啓示のように一つの事実に思い至った。

そこからあらためて自分のリードを握る、とぼけた顔の男を見上げた。歩きながら顎をかいてあくびまでして、どう見てもわかっているようには見えない。

ちょっと待て。これはひょっとしなくても、かなりまずくないか？

「あっ、小林《こばやし》さん。おはようございます」

「おはよう鴨井君。フンフンも元気そうで」

だから！　そんな豆柴《まめしば》連れてるお散歩おじさんと、お喋《しゃべ》り始めてる場合じゃないよ！

──やっぱりまずい。ヘタをすれば家族の危機だぞこれは。

エレベーターよろしく立ち話が始まってしまったので、フンフンはおじさんが連れている、赤毛の柴犬の方に話しかけた。

『ねえ、キミ。ボク早く帰りたいんだけど、どうにかならない？』

『無理っすねー！　ごしゅじん喋りだすと止まらないんで！』

巻き尾をぶんぶん振って断言された。ちくしょうそうか。やっぱりか無理か。

犬は人間と直接口がきけないのである。フンフンは二人のトークが終わるのを、地面近くで地団駄を踏みながら待ち続けた。

「いやあ、ほんといいサークルなんですよ。良かったら鴨井君もぜひ」

「ありがとうございます。嫁さんと相談してみますね」

――そして十分後。ようやく豆柴を連れた小林さんが歩き出し、フンフンたちも自由に移動ができるようになった。もう少しでプー子の真似《まね》をして、かかとを噛むしかないと思っていたところだった。

「……蕎麦《そば》打ちはなー、オヤジがはまって大変なことになったんだよなー」

あとはどうやって心晴に、ピンチに気づいてもらうかだ。

あちこち見回して悩んだ末、フンフンはとある植え込みの前で、思い切り踏ん張った。

「お、どうしたフンフン。そんなとこでウンコするのか」

朝のトイレである。背中を丸めてぷるぷる震え、フンフンの経験上、これで立ち止まらない人間はいない。

「珍しいな、いつも別の場所で踏ん張るのに……」

心晴は散歩バッグからビニール袋を取り出し、路上にできあがった落とし物を回収するべくしゃがみこんだ。

そうすると、人間でも植え込みの植物がより視界に入ってくる。

「はは、カタツムリだ。最近見ないよなあ」

それはいいから、カタツムリが載ってるものをよく見てよ！

生き物好きの心晴は、紫陽花《あじさい》の葉についたカタツムリに目を輝かせるが、途中で気がついたようだ。

「……あ」

そうだよ。やっと思い出したか。

それから心晴は今までになくシリアスな顔になり、フンフンの落とし物を素早く回収。帰るにしても行きの一・五倍のペースで突き進んだので、短足の小型犬としてはかなり疲れる運動になった。

「ただいま!」

玄関でフンフンの足を拭くのももどかしく、心晴が靴を脱いで中へ入っていく。こちらはもう、ハイペースで歩きすぎてへとへとだ。

(くたびれた……)

藍はダイニングテーブルに、作った朝食を並べていた。今日は新鮮なグリーンサラダに焦げ目もほどよいバタートースト、ハムのついた目玉焼きらしい。コーヒーメーカーには、二人分のコーヒーの準備もできている。

「おかえり。ご飯できたところだよ」

「それはありがとう」

「フンフンも、帰ったならご飯にしようね――」

ドッグフードの入った保存瓶を手に、犬のご飯皿に向かう藍だが、心晴が物言いたげにその場から一歩も動かないので、不思議そうに立ち止まった。

「どうしたの？　手、洗ってきなよ」

「あのさ、藍ちゃん。今日の仕事上がりって、遅くなりそう？」

「そんなにはかかるつもりないけど……どうかした？」

「じゃあ俺も早めに帰るから、夕飯は外で食べよう。和食でもフレンチでもなんでも予約するから」

藍はきょとんと目をしばたたかせた後――ややいたずらっぽく微笑《ほほえ》んだ。

「今から予約ってことは、やっぱり覚えてなかったんだ」

「ごめん、うっかりしてた！」

心晴が両手を合わせる。

本当にうっかりだよとフンフンは思う。

二人が借りているこの部屋は、フンフンたちのいたずらの餌食にならない場所に、写真立てがいくつか飾ってある。そのうちの一つは、ちょうど二年前の今日、三隅家と鴨井家であげた結婚式の写真だった。

親戚一同に友人も呼び、無二の犬友である汰久《たく》にももちろん来てもらった。ウエディングドレスを着た藍は、ドレスと同じ真っ白い西洋紫陽花のブーケを持っていた。

そう、今日は二人の結婚記念日なのだ。

『——またおせっかいしたんですか？』

藍から貰《もら》ったカリカリを食べていると、プー子が首輪の鈴をちりりと鳴らして近づいてきた。

『おせっかいじゃないよ。こういうところから、家族の危機ってのは始まるんだから』

『はいはい。小さな努力を怠らない、ですね』

『お説教うざいみたいな顔、しないでくれる？』

それにしても、己の才能が怖い。またもや体をはって『ないすあしすと』を決めてしまった。犬のお城で、パグの王様にメダルを授与されてしまうかもしれない。こう見えてもうおじいワンなのに。

おかげで今日も鴨井さん家《ち》は、円満である。

食卓で焼きたてのトーストを頬張り、藍が言う。

「どうせなら、お家《うち》でお祝いしようよ。お刺身でも買って、フンフンとプー子ちゃんにもお裾分けして」

「お、いいね。なら帰りに俺が買ってくるよ」

「手巻き寿司《ずし》にしちゃおうか」

「ついでに日本酒も付けて」

「――ね、心晴君。私ってかなり幸せな人間だと思うよ」

心晴が笑う。藍も笑う。夕飯のお刺身を思って、フンフンたちも嬉《うれ》しくなる。

人間、犬、猫、みんな流れる時間が違って、いつか別れる日もやってくるかもしれない。

それでも思い出すのはきっと、こういう日の笑顔に違いないのだ。

あとがき

どうもこんにちは。『犬飼いちゃんと猫飼い先生』も、シリーズ三冊目となりました。おかげさまで物語は、無事にゴールへとたどりついた感じです。

そもそもの始まりは、動物病院の待合室でした。犬と猫を一匹ずつ飼っていたおかげで、ペットクリニックのお世話になることも多く、待合室で人や動物を観察する時間だけはありました。順番が回ってくるのを待つ間、「このシチュエーションで一本作るならどんな話かな」と、時間潰しに考えたのが物語の原型です。

飼い主の名字とペットの名前は頻繁に呼ばれるけれど、下の名前は案外知らないよねと、そういうところから両片想《かたおも》いをテーマに広げていきました。ほっこり楽しんでいただけたら、この上ない幸いです。

そしてこの三巻を書き上げた直後、飼っていた犬猫のうち、犬が天国へ旅立ちました。

一巻のあとがきでも触れたように、十四歳のミニチュア・ダックスフントで、食いしん坊で肝っ玉が小さくて、そして家族が大好きな子でした。

体調を崩してから亡くなるまであっという間で、火葬されて戻ってきた姿を見て、「なんか思ってたより骨壺《こつぼ》が大きいぞ」「やばい陽咲《ひさき》と心晴《こはる》のシーン、ゲラで直さなきゃ」と思っている自分もいて、こんなところまで執筆の役にたたなくていいよと泣いていいのか笑っていいのか。

総じて君がいてくれて毎日が楽しかったよと、残った猫の背中を撫《な》でながら思う日々です。

今は少し寂しいけれど、本当にありがとう。

また新しいお話でお会いできますように。

竹岡《たけおか》葉月《はづき》

お便りはこちらまで
〒一〇二―八一七七
富士見L文庫編集部　気付
竹岡葉月（様）宛
榊空也（様）宛

富士見L文庫

犬飼《いぬか》いちゃんと猫飼《ねこか》い先生《せんせい》3
たとえばこんなボクらの未来《みらい》

竹岡《たけおか》葉月《はづき》

2023年12月15日　初版発行

発行者　山下直久
発　行　株式会社 KADOKAWA
〒102-8177　東京都千代田区富士見2-13-3
電話　0570-002-301（ナビダイヤル）

印刷所　株式会社暁印刷
製本所　本間製本株式会社
装丁者　西村弘美

ISBN 978-4-04-075213-6 C0193